Sina Blackwood

TRÄUME, SEX & ABENTEUER

AF235673

Bibliografische Informationen der Deutschen Nationalbibliothek:
Die Deutsche Nationalbibliothek verzeichnet diese Publikation in der Deutschen Nationalbibliografie; detaillierte bibliografische Daten sind im Internet über https://www.dnb.de abrufbar.

© 2. Auflage: Februar 2022

© Coverbild: fotolia 195742107 / Family vacation travel RV, holiday trip in motor-home / © Andrey Armyagov
© Illustrationen: Kay Elzner
Umschlaggestaltung: Sina Blackwood
Layout: Sina Blackwood

Herstellung und Verlag:
BoD – Books on Demand, Norderstedt
ISBN: 9783755791775

Kurztrip mit Hindernissen

Seit Maja von jener Reise zurückgekehrt war, wo man sie während eines Zeitsprunges ins Veroneser Mittelalter mit einem Fremden zwangsverheiraten wollte, erklärte sie, nun ihre Recherchen etwas gemächlicher anzugehen.

Nico, ihr geheimnisvoller zeitreisender Geliebter, hatte ihr, als Sigmund, der Münzreiche, einen Mann geschickt, der genau im richtigen Augenblick erschienen war, um sie zu retten. Als sie dann auch noch erfuhr, wie ihre hoch geschätzten Rabenvögel mit Nico kommunizierten, war sie optimistisch, ihn nun öfter treffen zu können. Dass sie ihm nicht gleichgültig war, hatte er ihr in jeder seiner Erscheinungsformen bewiesen. Er würde sie immer und überall finden, egal, in welche Himmelsrichtung sie sich bewegte.

Die nächste Tour, auf der sie ein wenig recherchieren wollte, sollte sie nach Děčín führen, wo sie sich mit deutschen und tschechischen Schriftstellern treffen wollte.

„Morgen früh sattele ich meinen spanischen Schimmel", gab sie bekannt, worauf die Schmetterlingsgedanken: „Hmm, hmm", machten.

Sie umkreisten Maja wie eine bunte Wolke. Obwohl es Maja eher als aufgescheuchten Haufen bezeichnete. „Wenn du deinen Seat so nennst, klingt es für uns, als wolltest du wieder im 15. Jahrhundert verschwinden und uns ratlos zurücklassen."

„Ach was!", wiegelte Maja ab. „Dieser Flecken Erde war schon zur Bronzezeit besiedelt. Irgendwann im 10. Jahrhundert haben die Přemysliden zum Schutz der Furt durch die Elbe eine Befestigungsanlage aus Holz bauen lassen. Im 13. Jahrhundert hat man die Sache dann etwas haltbarer gemacht, indem man den Holzbau durch eine Burg aus Stein ersetzte. Das Stadtrecht muss Děčín irgendwann im 14. Jahrhundert erhalten haben. Das 15. Jahrhundert interessiert mich dort sicher nicht, weil im 16. Jahrhundert die Blütezeit der Stadt war. Da baute man die Burg zu einem Renaissanceschloss um."

„Siehst du! Genau das ist es! Du weißt auf Anhieb, wann richtig die Post abging. Das macht uns Angst! Du verschwindest ja in alle Zeiten, ohne dass wir mitkommen können. Wir dürfen dich doch sicher an Psammetich erinnern oder Jaromar?"

Maja schaute die bunten Falter ungläubig an. „Ihr seid aber zart besaitet! Ich will doch nur ein bisschen an der Elbe stehen, auf die wundervollen historischen Gebäude schauen und ein klein wenig träumen."

„Von Nico?"

„Von wem sonst?" Maja schob ihr Arbeitsbuch in den Rollkoffer, packte Kamera und Smartphone ein, ehe sie das Navi vorprogrammierte. „Ich fahre Autobahn", gab sie bekannt. „Die paar Euro für eine Kurzvignette tun mir nicht weh. Übrigens gibt es seit 2002 eine Geothermieanlage in Děčín. Die bekommt ihr Wasser aus 400 Metern Tiefe. Und weil wir gerade bei Wasser sind, die umstrittenen Elbestaustufen interessieren mich auch mehr, als das 15. Jahrhundert."

„Ich glaube, jetzt ist sie sauer", murmelte der Schwalbenschwanz.

Maja lachte. „Ganz sicher nicht. Ich bin nur diesmal nicht speziell auf Mittelalter geeicht."

„Dabei würde ich die Renaissance durchaus als ausgehendes Mittelalter bezeichnen", warf der Schwalbenschwanz ein.

„Klugscheißer!", grinste Maja, den Rollkoffer in eine Ecke schiebend.

Nur gut, dass weder Maja noch die Schmetterlingsgedanken ahnten, was sie in den nächsten beiden Tagen erwarten sollte! Maja wäre vor Angst vielleicht gar nicht erst losgefahren!

Es begann damit, dass Maja morgens drei Gleichgesinnte vom Bahnhof abholte, um dann, mit wirklich vollem Auto, schnurstracks nach Děčín zu düsen. Weil sie schon spät dran waren, gab sie Gummi, wo immer die Geschwindigkeitsbegrenzung aufgehoben war! Mit fast 180 an der Kolonne in der Kurve kurz vor Siebenlehn vorbei, als der Bordcomputer meldete: Druckabfall im rechten Hinterrad. Also von ganz links nach ganz rechts, um die Abfahrt zu nehmen, weil dort gleich ein Autohof ist. Suchend kreiseln – keine Luftzapfsäule zu sehen! Die Schmetterlinge hatten sich in den Kofferraum verzogen. Maja brauchte nun sicher keine Sprüche. Die Nerven lagen auch so schon blank.

Recht schnell fiel einem Angestellten des Autohofs auf, dass da jemand ein ernstes Problem haben musste. Er kam im Eilschritt heran und dirigierte Maja zur rettenden Luft. Weil es aber ein ungeschriebenes Gesetz ist, dass bei Maja immer irgendwas schief gegen muss, war der Luftschlauch defekt, und er hastete los, um einen anderen zu holen. Damit flutschte die Sache, und Maja bat ihn, gleich noch die anderen Reifen zu kontrollieren. Bezahlung wollte er nicht haben, so gab sie ihm fünf Euro Trinkgeld und folgte der Aufforderung: „Sie können weiterfahren."

Nun hatte sie aber völlig vergessen, den Fehler zu quittieren, und das Auto zeigte weiter ein Problem an, das gar nicht mehr da war. Entnervt fuhr sie am nächsten Parkplatz noch mal von der Autobahn runter und sagte dem Computer

Bescheid, dass er vom nun vorhandenen Druck in den Rädern ausgehen musste.

Jetzt aber los!!! Der Schwalbenschwanz hatte sich hervorgewagt und saß für die restlichen Passagiere unsichtbar, auf dem Innenspiegel.

Ich tu, was ich kann, schmunzelte Maja, ihrem Schimmel bei jeder legalen Möglichkeit kräftig die Sporen geben. So waren sie zwar fast die Letzten, aber immer noch pünktlich, als sie vor dem Hotel Česká Koruna in Děčín endlich auf Parkplatzsuche gingen.

Weil die Zimmer noch nicht frei waren, beschloss die doch recht große Gruppe, eine kurze Erkundungstour in die nähere Umgebung zu machen, wo Maja wundervolle alte Häuser entdeckte, die farbenkräftig ins Auge stachen. Mit einem zufriedenen Lächeln fotografierte sie beinahe jedes einzelne Haus, während sich die anderen, in Gespräche vertieft, immer weiter entfernten.

Die Gedankenfalter wurden nervös. *Da hinten kann man nicht mehr sehen, ob sie nach links oder rechts abbiegen.*

Meine Güte! Wenn ich den Anschluss verpasse, drehe ich einfach wieder um, lachte Maja. *Ich weiß doch, welchen Weg ich gegangen bin und auch, wann es im Hotel Mittagessen gibt. Und wenn ich den Weg nicht mehr finde, dann rufe ich meine Fotos auf und hangele mich von Haus zu Haus zurück, ihr Angsthasen. Außerdem habe ich meine große Klappe mit, und mit der kann ich fragen, wo es entlang geht. Und das sogar auf Tschechisch. Haltet ihr lieber mit Ausschau nach Fotomotiven.*

Augenblicke später kamen die anderen wieder zurück. Die Aussicht war wohl nicht so berauschend gewesen. Maja grinste vergnügt, drehte innerlich den Gedanken eine lange Nase und schlenderte mit zurück zum Hotel.

Nach dem Essen wurden endlich die Zimmerschlüssel verteilt. Natürlich auch mit Hindernissen. Majas Name war nicht aufgerufen worden. Nun schaute die Verantwortliche noch einmal auf die Liste und nannte eine Nummer. Nur nutzte das Maja nicht viel. Am Tresen fehlte nämlich ausgerechnet der Schlüssel für diesen Raum. Weil eine Kollegin nicht mit in der Schlange anstand, dachten alle, sie habe Majas Schlüssel erwischt und so bekam Maja den andern. Just in diesem Moment kam die Kollegin und wollte ihren Schlüssel holen! Das sorgte nun für wirklich ratlose Gesichter.

Als Maja endlich ein Zimmer mit passendem Schlüssel zugeteilt bekam, und sie ihren Koffer abstellen wollte, rief ein anderer Schriftsteller von draußen, dass auf dem Parkplatz ein kleines silbernes Auto mit weit offener Beifahrertür stehe und er dortbleiben wolle, bis die Sache geklärt sei.

Also bat Maja die Dame hinterm Tresen, eine Telefonverbindung zum Hausapparat des vermutlichen Besitzers des Autos herzustellen. Sie hatte goldrichtig getippt. Er kam auch sofort herunter und Maja konnte endlich hinauf gehen. Dabei verwechselte sie dann noch die Etage, weil sie ja eine andere Nummer erhalten hatte, und so ließ sich logischerweise die Tür nicht öffnen. Dafür guckte plötzlich eine Dame der Gruppe heraus, um zu schauen, wer sich an ihrem Schloss zu schaffen mache. Erstaunt fragte sie, was los sei.

Maja erstarrte, schaute auf ihr Schlüsselschild ... „Oooops, ich hab mich verflogen. Und tschüss!" Sie eilte die letzten Stufen hoch, wo sich endlich auch für sie eine Tür öffnete. Schnell das Gepäck abstellen und die Treppe wieder hinunter rennen, geschahen im Bruchteil von Sekunden, weil sie die geplante Erkundungstour zum Schloss keinesfalls verpassen wollte. Neugierig, wie Schreiberlinge nun mal sind, freute sie sich riesig auf diesen Besuch. Ein Mitstreiter der Gruppe führte die Tour und gab interessante historische Daten kund. So auch zur Heilig-Kreuz-Kirche, die nur wenige Wegminuten vom Hotel entfernt war. Die Häuser im Bezirk der Kirche stachen Maja durch frische, kräftige Farben ins Auge. Besonders das Antiquariat in Swimmingpoolblau hatte es Maja angetan. Das Ensemble der Häuser passte perfekt mit der rötlich-beige gefärbten Kirche zusammen.

Natürlich gab es, wie zu vielen Kirchen und Kapellen, eine rührende Gründungsgeschichte aus dem 15. Jahrhundert. Das Holzkreuz, um das es darin ging, soll sich, laut den Chroniken, noch heute in dem Kreuz aus braunem Salzburger Marmor befinden, das den Hauptaltar schmückt. Mit über acht Metern Höhe ist es auch ein wirklich imposantes Kunstwerk.

Besonders beeindruckte Maja die Tatsache, dass die angrenzende Maria-Schnee-Kapelle ursprünglich nicht am jetzigen Standort erbaut worden war. Nach einem der großen Stadtbrände 1749 war sie vom Friedhof an der Wenzelskirche direkt neben die *Lange Fahrt*, wie man die Auffahrt zum Schloss nennt, umgesetzt worden. Papst Benedikt XIV. verhalf der Kapelle zu Ruhm, weil er hier ein Bild der Heiligen Maria weihte, das direkt aus Rom gespendet worden war.

Inzwischen entspannten sich auch die Gedankenfalter etwas. Das 18. Jahrhundert war für Maja sicher nicht die richtige Zeit, um sich mit Nico zu treffen.

Maja war inzwischen die Stufen zur *Langen Fahrt* hinaufgestiegen und schaute sich um. Die mehrere Meter hohen zugemauerten Rundbögen erinnerten sie auf den ersten Blick eher an den fluchtsicheren Weg zu einem Gefängnis, als an die Straße zu einem Schloss. Was sie nun noch neugieriger auf dieses machte. Dass es Durchgänge nach links und rechts zu wundervollen Gärten gab, bemerkte sie erst, als sie die jeweiligen Pforten erreichte. Sogar Pfaue liefen hier umher. Die sahen nur etwas gerupft aus, weil ihnen fast komplett die langen Schwanzfedern fehlten. Irgendwie passte das zur Herbststimmung, denn auch die Bäume begannen, sich umzufärben und ihren Blätterschmuck abzuwerfen.

Auch ein stolzer Pfau muss hin und wieder Federn lassen, witzelten die Schmetterlinge.

Maja schmunzelte, *ihr wollt doch nur, dass ich jetzt eure schillernden Flügel in höchsten Tönen lobe.*

Und, machst du es?

Nö. Maja stützte sich auf die Mauer der Brücke, die direkt zum Eingang führte. Auf dem Wiesengrund zur nächsten Überbrückung entdeckte sie ein riesiges Herz, das man entweder beim Mähen stehengelassen hatte oder das aus anderen Grünpflanzen angelegt worden war. Von ihrem Standpunkt aus, konnte sie das nicht genau erkennen.

Die Gedankenfalter erspähten es zur gleichen Zeit. *Oha, jetzt wird sie gleich wieder träumen.*

Maja nickte kaum merklich. *Sie tut es schon.*

Der Blick von der anderen Seite der Brücke fiel auf weniger Schönes. Da standen die abgewirtschafteten Gebäude, welche in den 30er Jahren des 20. Jahrhunderts als Kaserne der sowjetischen Armee genutzt worden waren.

„Na ja, auch das ist Geschichte", seufzte Maja, sich endlich dem ersten Tordurchgang zuwendend.

Sie hatte ihn noch nicht einmal ganz passiert, als die Gedankenfalter zusammenschreckten.

War ja fast klar gewesen, stöhnten sie.

Maja konnte sich ein amüsiertes Grinsen nicht verkneifen. Sie waren unvermutet und ungeplant direkt im Mittelalter gelandet, denn einige Geharnischte hielten soeben Turnierspiele mit Kindern ab. Zwar passten die Ritter in keiner Weise zum barocken Stil des Schlosses, aber in Anbetracht der Tatsache, dass hier einst die stolze gotische Přemyslidenburg gestanden hatte, sah man gern darüber hinweg.

Die Falter beruhigten sich rasch, als Maja nicht einmal stehen blieb. Sie wollte lieber den Innenhof erkunden, der von einem wundervollen alten Baum dominiert wird. Auch die imposanten Türen, Wappen und Skulpturen interessierten sie mehr, als Schwerter und Rüstungen.

Nun wollte die kleine Wandergruppe noch schnell einen Kaffee trinken und etwas essen, ehe sie den Rückweg zum Hotel antreten musste, um sich für das Abendprogramm vorzubereiten. Zwar sind nicht alle Völker so hektisch wie das Deutsche, aber die merkwürdige Organisation der Arbeitsabläufe in der kleinen Wirtschaft wäre glatt eine Kurzgeschichte wert gewesen. Kaffee und Cappuccino waren schon kalt, bevor man es endlich geschafft hatte, sie vom Tresen zu den Tischen draußen zu bringen. Wäre Maja mit dem Tablett noch schneller gelaufen, hätte die Oberfläche vielleicht sogar eine Eisschicht angesetzt, wie die Gedankenschmetterlinge wispernd lästerten.

Auf dem Weg zum Hotel nahm sich Maja die Zeit, auch noch den barocken Rosengarten zu besichtigen und sich eine Gedenkmünze für ihre Sammlung zu kaufen. Ein kleiner Abstecher zur Elbbrücke war ebenfalls drin, um wenigstens einen kurzen Blick auf das romantische Restaurant am anderen Ufer zu werfen, das 1905 in Art eines Schlösschens erbaut wurde, und hoch auf dem Gipfel der *Schäferwand* thront.

Jetzt mit Nico da oben sitzen, einen richtig heißen Cappuccino trinken und ... Weiter kam Maja nicht, weil sie der Schwalbenschwanz ziemlich rüde unterbrach.

Wie wäre es, wenn du deine Keulen schwingst und zum Hotel galoppierst?

Maja zuckte zusammen, schaute auf die Uhr und leistete der Aufforderung folge. Es war wirklich schon allerhöchste Zeit, für Abendbrot und Abendprogramm.

Nach einer kurzweiligen, abwechslungsreichen Veranstaltung saßen alle noch bis nach Mitternacht zusammen, schwatzten, tranken Wein und schmiedeten Pläne.

Dass es schon eine ganze Weile heftig regnete, merkte Maja erst, als sie in ihrem Zimmer angekommen war. Die Tropfen prasselten auf die metallenen Fensterbänke und erzeugten einen unbeschreiblichen Lärm. Trotz allem war Maja um vier Uhr hellwach, wie jeden Tag. Sie spähte aus dem Fenster, ob ihr Auto noch da sei. Am Nachmittag war nämlich eine finstere Gestalt um alle deutschen Autos geschlichen und hatte die Nummernschilder fotografiert. Maja hatte daraufhin ihr Handy gezückt und ihrerseits den Mann fotografiert, als er in ihre Richtung zur Hoteltür schaute. Er hatte es bemerkt, was ja auch ihre Absicht gewesen war, und war schnellen Schrittes in einer Nebenstraße verschwunden.

Maja zog sich an und schlenderte vorsichtshalber zum Parkplatz, um sich zu vergewissern, ob beide Nummernschilder noch vorhanden waren und dem Auto auch sonst nichts fehlte.

Du kannst doch nun wirklich nicht immer Pech haben, versuchten die Gedanken, Maja zu beruhigen.

Die winkte ab. *Noch sind wir nicht zu Hause.*

Da ahnte sie noch nicht einmal annähernd, wie unschön sich die Fahrt bis Dresden gestalten sollte. Maja war mit ihren Kollegen am Anfang völlig allein auf der Autobahn unterwegs. Kurz nach der Grenze tauchte ein schwarzer Kleintransporter mit jungen Männern auf. Der zog, trotz Geschwindigkeitsbegrenzung auf 130 km/h, an ihnen vorbei, um sich genau vor Majas Auto zu setzen, sie böse auszubremsen und nur noch 110 zu fahren. Maja versuchte, zu überholen, er, sie abzudrängen.

„Ich hasse solche Idiotenspiele! Erst recht mit vollbesetztem Auto!", gab Maja bekannt und hielt Ausschau nach einer Möglichkeit, die Spinner mitsamt Transporter loszuwerden, denn die fuhren nun noch langsamer.

Endlich näherte sich von hinten ein Pulk Autos. Weit genug weg, um gefahrlos ein Manöver zu eigenen Gunsten zu machen. Sie bremste also direkt auf rund 60 km/h herunter, zog mit Warnblinken für die anderen hinter dem Schwarzen nach rechts und war den Vollidioten tatsächlich los, der sofort das gleiche miese Spiel mit einem anderen Opfer trieb, dem er im Dresdener Tunnel sogar die Abfahrt verbarrikadierte. Leider waren alle in Majas Auto mit ängstlichem Betrachten der Gesamtsituation beschäftigt gewesen, als auf die Nummer zu achten oder sie gar zu fotografieren. Fest stand: Solche Leute, wie der Fahrer des Transporters, gehörten von der Straße genommen!

Dass dieser Vorfall mit dem auf dem Parkplatz zusammenhing, wollte Maja nicht annehmen, es sei denn, der Fremde mit dem Handy hätte vorher beobachtet, zu welchem Auto sie ging. Dazu passte dann aber nicht, dass die Bande im Transporter ihr Mütchen schließlich an einem anderen kühlten. Aber wer weiß schon, was solche kranken Hirne noch ausbrüten.

„Hast dich tapfer geschlagen", lobten die Falter, als Maja nachmittags zu Hause das Auto ausräumte. „Aber, ehrlich gesagt, hätten wir diesmal einen Zeitsprung als Aufreger des Tages vorgezogen."

„Na, fragt mal, wer noch!" Maja strich sanft mit der Hand übers Heck ihres strahlend weißen Seat. „Aber mein Schimmel gehorcht ja aufs Wort, und das, obwohl ich ihn erst seit vier Wochen habe. Feuertaufe bestanden, würde ich sagen."

„Trinken wir darauf ein Glas Wein?", fragten die Schmetterlingsgedanken.

„Machen wir!", versprach Maja und begann sofort, ihre Notizen zu ordnen, was die Falter mit äußerster Sorge beobachteten. Nach wirklich ruhiger Kugel schieben, sah das ganz und gar nicht aus, zumal sie gleich wieder die Baustile der fotografierten Häuser aus dem Kirchenbezirk mit allem bisher Gesehenen verglich und lauthals verkündete: „In Goslar, Wernigerode und Quedlinburg soll es ähnlich schön sein!"

„Sie hat *soll* gesagt", jammerte ein Trauerfalter, worauf der Schwalbenschwanz erwiderte: „Da müssen wir uns schon mal ernsthaft mit dem Gedanken anfreunden. Denn mit *soll* gibt sie sich nicht zufrieden."

„Eben drum!", murmelte der Trauerfalter mit weinerlicher Stimme.

Da war Maja auch schon dabei, Reisekataloge zu wälzen, und wurde auch noch zu 100 Prozent fündig!

Weihnachtsmarktmarathon

Die Schmetterlingsgedanken hockten auf Majas Schultern, um sehen zu können, was sie alles anklickte.

„Na, da haben wir doch genau das, was der Arzt verordnet hat!", lachte Maja, während die Falter die Köpfe hängen ließen, weil es im Dezember ganz sicher nicht sonderlich warm sein werde. Sie hassten es, wenn Maja stundenlang in klirrender Kälte durch die Gegend zog. Zudem waren sie irritiert, weil Majas Lieblingsreisebüro tatsächlich einen zusammenhängenden Trip in alle drei Städte anbot.

Als Maja schließlich erklärte, dass so die Zeit reiche, an einem anderen Wochenende den mittelalterlichen Weihnachtsmarkt auf der Wartburg noch einmal zu besuchen, fielen die Falter vor Schreck fast tot um. Denn dort lauerte das Portal ins 15. Jahrhundert!

An einem Samstag im Dezember trabte Maja also wieder einmal mit ihrem Rollkoffer zum Busbahnhof, wo auch der Zustieg zum Reisebus erfolgen sollte. Das Hallo war groß, als im nächsten Taxi zwei Mitreisende erschienen, mit denen sie schon einmal auf großer Tour, nach Italien, Monaco und Frankreich, gewesen war. Nämlich auf genau jener, als sie den Admiral Oberto Doria das erste Mal getroffen hatte, mit dem ihre abenteuerlichen Zeitsprünge begannen.

Die Gedankenfalter erstarrten also weniger vor Kälte, als viel mehr vor Schreck. Auch hatten sie soeben die beiden Rabenkrähen entdeckt, die hinter Maja auf einem Rasenstreifen saßen und ganz genau beobachteten, was sich am Haltepunkt abspielte. Es war für die intelligenten Vögel keine Frage von Stunden, Nico zu unterrichten, dass und wohin sich Maja auf dem Weg befand. Bei den Schmetterlingsgedanken herrschte Alarmstufe rot.

Die Fahrt in die Harzregion gestaltete sich für Maja kurzweilig, weil sie auf dem Zwischenstopp auch andere Reisende wiedererkannte. Das Wetter war zwar trüb und kalt, aber trocken, obwohl schon seit dem Vortag Schnee angekündigt worden war. Der Bus kam also zügig voran.

Maja betrieb wieder Burgen- und Kirchenschau, beobachtete natürlich, wenn auch eher unbewusst, was die Rabenvögel allerorten trieben. Sie lauschte den Erklärungen der Reiseleiterin und stellte bei Halle fest, dass man den Petersberg noch immer voller Stolz die höchste Erhebung zwischen Harz und Erzgebirge nannte, obwohl es in Polen und Russland mindestens drei Berge gibt, die deutlich höher sind. Na gut, in schnurgerader Linie mochte das vielleicht sogar passen, mit dem Titel, der Höchste zu sein.

Bei den Worten über Heinrich den Vogler, bekam Maja wenig innere Resonanz, worüber sich die Gedankenschmetterlinge sichtlich freuten. Sie saßen auf dem Tischchen an der Rückenlehne des Sitzes vor ihr und bewegten die Flügel im Takt. Es sah aus wie kleine, schillernd bunte Wellen auf einer öligen Pfütze.

Hast du keinen angenehmeren Vergleich gefunden, als eine Ölpfütze, grollte der Schwalbenschwanz.

Hör auf zu maulen, erwiderte Maja. *Sonst fällt mir vielleicht doch irgendetwas ein, das ich mit dem Vogler oder seinen Nachkommen zu schaffen habe.*

Bei den meisten Gedanken herrschte schlagartig Ruhe, während der Schwalbenschwanz raunte: *Na klar, dann wird der Vogler zum Vögler.*

Maja grinste sich eins.

Das Grinsen wich einem behaglichen Lächeln, als eine Änderung des Reiseplans bekanntgegeben wurde. Man wolle zuerst Quedlinburg besuchen, weil just an diesem Tag die wundervollen Innenhöfe der mittelalterlichen Häuser zu unzähligen winzigen Weihnachtsmärkten gestaltet und somit für alle zugänglich waren.

Da hat sie doch 1000 Möglichkeiten zu verschwinden, jammerte der Trauerfalter, den Maja mitunter schon als Trauerkloß bezeichnete.

Dort draußen sitzen zwei schöne große, und sicher hungrige, Rabenkrähen, ließ Maja fallen, worauf erneut Totenstille eintrat.

Der kleine Hinweis schien angekommen zu sein, denn in den nächsten Minuten wagte nicht einer der bunten Bande, auch nur einen Flügel zu bewegen.

Am Parkplatz *Am Anger* hielt der Bus, um alle aussteigen zu lassen. Er musste dann auf den Busparkplatz in Nähe des Bahnhofs verschwinden und durfte erst zur vereinbarten Abfahrtszeit wieder hier erscheinen.

Alle hatten einen Stadtplan bekommen und begaben sich als Gruppe auf den Weg, weil sie ja dasselbe Ziel hatten.

Man nennt Quedlinburg wahrlich nicht ohne Grund die *Adventsstadt!* Und der *Advent in den Höfen* ist ein Schauspiel, das man wirklich gesehen haben muss. Mit etwas Schnee wäre das Ganze sicher noch grandioser gewesen. Aber man kann nicht immer alles haben, sagte sich Maja, aus jedem Winkel fotografierend. Sie steckte auch die Nase in fast alle offenen Höfe, ehe sie zum großen Weihnachtsmarkt zurück schlenderte, um ein oberleckeres Honigweinsteak zu essen, das weithin duftend in einem riesigen Kessel vor sich hin köchelte.

Das schadenfrohe Kichern der Gedankenfalter ignorierte sie, als sie sich, weil das eben so sein muss, den Steppmantel mit dem Kochsud bekleckerte. Im gleichen Augenblick hätte sie laut auflachen wollen, denn ein ganzer Schwarm Saatkrähen überquerte den Platz, der die vorwitzigen Falter voller Panik in Majas Tasche abtauchen ließ.

Na? Haben wir jetzt ein schlechtes Gewissen gehabt?

Sie bekam keine Antwort, der Schock saß wohl zu tief.

Die über 1000jährige Stadt beeindruckte Maja sehr. Dass im Stadtkern rund 800 Häuser als Einzeldenkmale ausgewiesen sind, wunderte sie nicht. Schon die Fassaden waren einzigartig schön und meist auch erstklassig erhalten.

So verbrachte sie eben auch fast die ganze Zeit damit, sich Häuser und Höfe anzuschauen, als über den zentralen Weihnachtsmarkt zu flanieren.

Im 15. Jahrhundert hatte die Stadt eine besonders schwere Zeit durchgemacht. Der Stadtrat hatte beschlossen, sich von den Befugnissen der Äbtissin Hedwig von Sachsen zu befreien. Als es die Quedlinburger 1477 mit Waffengewalt versuchten, Hedwig aus der Stadt zu vertreiben, bat diese ihre Brüder, die Wettiner Herzöge Ernst und Albrecht um Hilfe. Es kam zu einem Blutvergießen, das für die Stadt mit der Einbuße der

Marktfreiheit und dem Austritt aus allen Bündnissen endete.

Dass ausgerechnet hier jemand aus dieser Zeit auf Maja warten sollte, hielten nicht nur die Gedankenfalter für völlig ausgeschlossen. Schwarzer Adler im Wappen, hin oder her.

Maja war auch sehr zeitig zum Bushalteplatz zurückgekehrt, um den Brunnen mit allen Details fotografieren zu können, der die Krönung von Heinrich dem Ersten darstellt.

Noch jemand, der sich von Vögeln ablenken lässt, witzelte Maja, weil man Heinrich die Königswürde angetragen hatte, als er sich gerade dem Vogelfang widmete.

Von Vögeln, nicht vom Vögeln, merkte der Schwalbenschwanz an, stutzte und musste selber lachen, als er begriff, was er soeben von sich gegeben hatte.

Als man eine halbe Stunde später vom Halteplatz weiterfahren wollte, fehlten wieder einmal zwei Passagiere. Die gabelte man, nach reichlicher Wartezeit und einem Telefonat, am Bahnhof auf. Zwar war das Wort Bahnhof gefallen, als man sich trennte, aber nur als Gedankenstütze, in welche Richtung man gehen musste, wollte man zum Haltepunkt *Am Anger* gelangen.

Es war für Maja nichts Neues, dass es immer wieder Leute gab, die buchstäblich Bahnhof verstanden, egal was drei Mal erklärt wurde.

Der nächste Weg führte nach Goslar, auf das sich Maja besonders freute. Sie hatte über diese Stadt schon viel gelesen, noch mehr gehört und es war an der Zeit, sich selber ein Bild zu machen. Die Fahrt verlief, trotz Baustellen, ohne Staus und Zwischenfälle und plötzlich begann es, zu schneien.

Erst ganz sacht, dann immer mehr und in wahrhaft riesigen Flocken. Bald lag der Schnee mehrere Zentimeter hoch auf den Straßen. Maja hatte vollstes Vertrauen in die Künste des Fahrers, denn mit ihm war sie schon unzählige Male auf Tour gewesen. Auf dem Parkplatz vor der Kaiserpfalz, der langsam im hohen Schnee versank, stieg der örtliche Fremdenführer zu.

Er schlug vor, zuerst zum Rammelsberg zu fahren, um das UNESCO Weltkulturerbe, nämlich die Bergwerksanlagen, von außen zu betrachten. Noch später sei wegen der Witterung und einsetzender Dunkelheit nicht mehr so viel davon zu sehen.

Es wäre wirklich schade gewesen, denn die imposanten Anlagen prägen den Rammelsberg. Hier wurde seit rund 3000 Jahren geschürft, Kupfererz, Silber, Blei-, Zinkerz und auch Schwerspat gewonnen. Goslar prägte ab dem 10. Jahrhundert bereits eigene Silbermünzen.

Natürlich erzählte der Führer auch die Legende vom Fund der Silbererzader durch das Pferd des Ritters Ramm, wonach man den Berg Rammelsberg nannte, und wie Goslar gegründet wurde.

Maja seufzte, es gab so viele Legenden über Goslar. Vielleicht wäre irgendwann ein mehrtägiger Urlaub drin, wo sie sich gezielt auf die Spuren dieser Überlieferungen begeben könnte. Die Gedankenfalter verhielten sich erstaunlicherweise ganz still. Sie fürchteten sich vor dem immer höher werdenden Schnee und der Kälte.

Auf dem Rückweg erklärte der Stadtführer die markanten Außenanlagen und dann war es wohl dem extremen Schneefall zu verdanken, dass der Busfahrer einen freien Parkplatz direkt vor der Kaiserpfalz fand.

Maja blieb immer direkt hinter dem Führer, um nicht ein einziges Wort zu verpassen, als er die Gruppe durch wundervolle enge Gässchen und über versteckte Pfade lotste. Auf dem Weihnachtsmarkt im Zentrum gab es sogar einen richtigen Weihnachtswald, den man unbedingt betreten musste, um sagen zu können, dass man den Goslarer Weihnachtsmarkt wirklich gesehen hatte.

Der große Weihnachtsbaum erstrahlte, statt in weißem oder silbernem Licht, in tausenden goldenen Lämpchen, die ihn dicht an dicht bedeckten. Ein wirklich beeindruckender Anblick. Sogar die Schmetterlingsgedanken wagten es, vorsichtig die Köpfe hervor zu stecken, um einen kurzen Blick auf diese Pracht zu erhaschen.

Es ist schön hier, flüsterten sie fasziniert und Maja stimmte ihnen gerne zu. Der Turm des Doms lud zwar auch zum Aufstieg ein, aber das wäre in dicken Wintersachen sicher eine Tortur gewesen, wenn es sich Maja recht bedachte.

Sie hatte die Erfahrung gemacht, dass die mittelalterlichen Treppenstufen nicht unbedingt mit ihrer Körpergröße harmonierten, was dicke Winterstiefel nicht gerade erleichterten. Die bessere Alternative war, mit dem Führer ein ausführliches Schwätzchen zu halten, als sich die anderen ins Getümmel der Stadt stürzten. Das tat sie dann auch. Hinterher war immer noch fast eine Stunde Zeit bis zu Abfahrt und Maja schaute sich um. Da fiel ihr ein Herr aus der Reisegruppe auf, der ziemlich ratlos wirkte. Also sprach sie ihn an und erfuhr, dass ihm seine Frau mitsamt deren Freundin im Trubel verlorengegangen war.

Das Ende vom Lied: Sie beschlossen, gemeinsam auf dem Weihnachtsmarkt einen Glühwein zu trinken, die Augen nach den beiden Frauen offen zu halten und pünktlich zum Bus zu gehen, sollten diese nicht auftauchen. Die Frauen hatten es ganz genau so gehalten und warteten schon am Bus auf den verschollenen Mann.

Unter viel Gelächter fuhren sie weiter nach Goslar-Hahnenklee, das so hoch im Harz liegt, dass es nun schon fast unter einer halbmeterhohen Schneedecke verschwand. Von Winterdiensten kaum eine Spur, und der Busfahrer musste zeitweise beiden Fahrbahnhälften nutzen, um gefahrlos voranzukommen. Aber es waren auch kaum noch irgendwelche Fahrzeuge zu sehen.

Vor dem Hotel herrschte ebenfalls Chaos. Die Treppen waren genau so tief verschneit, wie das Land ringsumher, und mehrere Reisende stürzten, weil beim besten Willen keine Stufen zu erkennen waren. Auch Maja hätte sich fast auf den Hosenboden gesetzt, als sie eine Stufe nur mit den Zehenspitzen erwischte.

Kurze Zeit später begann ein Orkan zu toben, der einzeln stehende Bäume fast zu Boden bog. Die Gruppe befürchtete schon, am Morgen den Bus gemeinschaftlich aus meterhohen Schneewehen graben zu müssen. Aber das hatte der heftige Sturm schon auf seine Weise erledigt. Den Rest machten die Schneeräumfahrzeuge, die am Morgen doch noch erschienen.

Maja hatte schlecht geschlafen. Das schrille Jaulen des Windes in einem der Lüftungsschächte hatte bisweilen wie das Pfeifen einer Dampflokomotive geklungen und sie immer wieder aufgeschreckt. So lag sie fast die halbe Nacht wach und dachte an Nico. Was hätte sie dafür gegeben, jetzt ein paar heiße Stunden mit ihm verbringen!

Am Morgen war sie trotzdem putzmunter und tat nun endlich das, worüber sie schon seit der Ankunft hier gegrübelt hatte – sie kaufte sich aus der Schmuckvitrine des Hotels ein paar Ohrstecker aus rubinroten herzförmigen Kristallen, die ebenfalls herzförmig in Gold gefasst waren. Sie wäre, wie sie immer sagte, glatt an Herzdrücken gestorben, hätte sie nicht zugelangt.

Nur gut, dass am Abend vorher wegen des Schneefalls und der Dunkelheit keiner gesehen hatte, wie tief es, jetzt rechts der Straße liegend, in den Abgrund ging! Manch einer schickte nicht nur einen stummen oder hörbaren Dank an den Fahrer, der jede Situation perfekt im Griff hatte.

Am Fuß der Berge, und je weiter sie nach Wernigerode kamen, nahm die Schneedecke ab, um sich vor dem Ziel bereits in schmutziggrauen Resten zu verlieren. Die einen hatten kaum Schnee abbekommen, die anderen gleich zu viel des Guten.

Zuletzt war Maja als kleines Kind in der herrlichen mittelalterlichen Stadt am Harz gewesen. Damals hatte sie morgens keine Lust gehabt, aufzustehen, und lauthals erklärt, sie habe all ihre Geburtstagsgäste wieder ausgeladen.

Das sieht dir ähnlich, wisperten die Schmetterlinge amüsiert.

Zwar nicht das lange Schlafen, aber eine Geburtstagsfeier abzusagen. Maja hasste Geburtstagsfeiern. Daran hatte sich seit jenem Tag nie etwas geändert.

Wernigerode empfing die Reisenden mit bleigrauem Himmel, der aber seine feuchte Last zurückhielt. Und wie schon in Goslar, war auch hier der Stadtführer einsame Spitze. Zu jedem der hinreißend schönen alten Häuser hatte er eine Geschichte parat. Maja geriet ins Schwärmen. Selbst die Gedankenfalter wagten sich hervor, um zu schauen und zu staunen.

Natürlich zollte man auch an allen Ecken den Brockenhexen Tribut. Am meisten lachte Maja über eine lebensgroße Hexe, die man mit lila Regenumhang bekleidet, auf eine uralte Simson SR2 gesetzt hatte. Das Ganze stand vor einem Geschäft auf dem Fußweg und warb für Fahrten zum Schloss. Wirklich schade, dass die Zeit dafür nicht reichte!

Das Haus des Kornhändlers Henricus Krummel aus dem Jahr 1674 war in jedem Fall längere Erklärungen wert. Die unglaublichen Schnitzereien musste man ganz einfach Stück für Stück betrachten und hatte Mühe, zu glauben, dass sich darunter wirklich ein Fachwerkhaus verbarg. Nur gut, dass es den Besitzern nie gelungen war, dieses Gesamtkunstwerk ins Ausland zu transferieren, weil es ihnen strikt untersagt worden war. Dieses unglaubliche Bauwerk zieht jährlich tausende Besucher nach Wernigerode.

Genau wie das weltbekannte wundervolle Rathaus aus dem 15. Jahrhundert, das sich jetzt hinter einem riesigen Weihnachtsbaum versteckte. Es war damals als Spielhaus erbaut und genutzt worden. Natürlich kam auch die Sprache auf die frivolen Figuren am Fries auf der rechten Seite.

Maja schmunzelte. Ja, im Mittelalter konnte es schon recht handfest zugehen. Allerdings mochte sie es sich lieber nicht vorstellen, wie hier die Fäkalien vom Berg herabflossen, wo die St.-Sylvestri-Kirche steht. Es hatte schon gereicht, als sie mit Ritter Georg durch die, vom Wolkenbruch stark verdünnten, Fäkalien in Cremona reiten musste. Sie hatte es damals als gegeben hinnehmen müssen, als sie für eine unglaublich lange Zeit im Mittelalter gefangen war …

Da erreichten sie auch schon die Kirche und erfuhren, dass hier in einem Winkel zwischen den Häusern ein schmaler Durchschlupf zur Stadtmauer lag, den man Rosengasse oder Rosmaringasse nannte, obwohl es ganz bestimmt nicht danach geduftet hatte, wenn man Urin und Kot aus den Fenstern direkt auf die Straße entsorgte. Auch Demutsgasse soll man diese Passage genannt haben. Wobei es wenig demütig war, wenn einige Stiftsherren hier Damenbesuch erhielten.

Auf der anderen Seite des Platzes stand eine jener Kutschen, mit denen man zum Schloss hinüber fahren konnte. Da sich noch eine zweite Gruppe in dem Areal befand, die soeben noch da Erklärungen bekam, wo sie als Nächstes hingehen wollten, blieben ein paar Augenblicke, um Details des bisher hier Gesehenen näher in Augenschein zu nehmen.

Maja lief neugierig ein paar Schritte in den mit dunklem Holz verkleideten Durchschlupf hinein, den man damals nachts wohl nur mit einer Laterne oder sich vorantastend passieren konnte. Da sprach sie jemand von hinten an.

„Ich glaubte schon, Ihr würdet nicht mehr kommen. Rasch folgt mir, ehe man uns sieht!"

Maja drehte sich verblüfft um. Vor ihr stand ein mittelalterlich gekleideter Mann. Hinter seinem

Rücken, am Ausgang der Passage, war eine Kutsche zu sehen. Aber ganz sicher keine von denen, die von hier aus als mit Besuchern des 21. Jahrhunderts unterwegs waren. Zudem roch es ziemlich streng, um nicht zu sagen, es stank bestialisch.

„Folgt mir!"

Maja gehorchte wortlos, wenn auch etwas beunruhigt. Wer mochte wohl diesmal auf sie warten? Und vor allem, in welchem Jahrhundert? Die Kleidung des Fremden hatte sie etwa auf das 15. Jahrhundert datiert und war neugierig, ob sie damit richtig lag.

„Wohin bringt Ihr mich?", wagte sie, zu fragen.

„Zum Schloss. Mein Herr, Graf Heinrich zu Stolberg und Herr zu Wernigerode, erwartet Euch." Er half ihr in das Gefährt, dann nahm er die Zügel. Die beiden Pferde trabten an.

Majas Gehirn arbeitete auf Hochtouren. Es hatte zwei Grafen namens Heinrich gegeben … „Welches Jahr schreiben wir?", flüsterte sie.

„1497", lautete die kurze Auskunft.

„Ist Euer Herr ein Ritter vom Heiligen Grab?", bohrte sie weiter, weil sie noch immer nicht schlüssig war, mit wem sie es zu tun haben werde.

Der Kutscher bejahte und Maja war im Bilde. Graf Heinrich, der Jüngere, verlangte, sie zu sehen. 1467 geboren, war er jetzt gerade 30 Jahre alt, wie Maja mit einem genüsslichen Lächeln feststellte.

Er war 1491 in den Dienst des Kurfürsten Friedrich, dem Weißen, von Sachsen getreten, hatte 1493 an dessen Wallfahrt in das Heilige Land teilgenommen und war in Jerusalem zum Ritter vom Heiligen Grab geschlagen worden.

Da passierten sie auch schon das Tor und die Kutsche hielt. In vollkommener Dunkelheit führte sie der Kutscher zu einem Seiteneingang. Heinrich schien in jeder Weise sehr darauf bedacht zu sein, dass ihr Treffen unbemerkt blieb. Auf ein geheimes Klopfzeichen öffnete sich die Pforte und Maja konnte im Licht der Sterne eine Gestalt erkennen, die ihr hilfreich eine Hand entgegenstreckte. Maja nahm diese, trat ein und fühlte sich liebevoll umarmt.

„Ihr habt mir gefehlt", sagte eine angenehme Stimme, die mit jedem weiteren Wort Nicos Klang annahm. Zwar sah ihm der Mann nicht ähnlich, der soeben eine Laterne entzündete und Maja eine schmale Treppe hinauf führte, aber sie fühlte, dass er es war.

Da erklärte er auch schon: „Ich kann leider nicht in jeder Existenz, in die ich schlüpfe, um dich wiedersehen zu können, ich selbst sein. Aber meine Gefühle für dich sind immer die gleichen."

Maja schmiegte sich an seine Schulter. „Ich nehme jede einzelne Minute dankbar an, die du mir widmen kannst."

In diesem Augenblick überdeckte Heinrich wieder Nico. „In ein paar Wochen werde ich den Kurfürsten nach Königsberg begleiten. Er soll zum Hochmeister des Deutschen Ritterordens gewählt werden. Da wollte ich vorher noch einmal die Frau genießen, die mein Herz gewählt hat, und nicht jene, die mir der Verstand und die Politik aufdrücken."

Er nahm Maja auf die Arme, um mit langen Schritten den Gang zu seinem Schlafgemach entlang zu eilen. Dort angekommen entzündete er ein wenig Weihrauch und Myrrhe, was er sich wohl aus Jerusalem mitgebracht haben musste, und nun den muffigen mittelalterlichen Schlafzimmergeruch milderte. Auf einer Truhe stand ein Krug Wein mit zwei Bechern, die der Ritter jetzt füllte, um mit Maja auf die Liebe und eine heiße Nacht anzustoßen.

Er zog sie auf seinen Schoß, küsste sie sinnlich und begann, sich mit den Reißverschlüssen ihrer Winterkleidung zu beschäftigen, wobei er murmelte: „Ihr tragt sehr ungewöhnliche Tracht, meine Liebe. Aber Euer Anderssein ist, was mich immer wieder zu Euch hin zieht."

Das kleine Feuerchen in dem Eisenbecken brachte gerade so viel Wärme in den sonst wohl eisigen Raum, dass Maja ein leichtes Frösteln überlief.

„Ich werde Euch gleich ordentlich einheizen", flüsterte Heinrich, mit vor Lust funkelnden

Augen und Maja glaubte ihm das aufs Wort. Dann warf er einen bedauernden Blick zum Fenster. „Wenigstens könnte sich der Mond befleißigen, das Zimmer etwas zu erhellen, damit ich voller Wonne betrachten kann, was Fingerspitzen und Lippen sanft erkunden. Aber sei es drum, dann werde ich Eure wilde Lust diesmal nur spüren, statt sehen."

Maja versuchte vergeblich, die tiefen Seufzer zu unterdrücken, um niemandem kundzutun, dass Ritter Heinrich äußerst virtuos auf unerlaubten Pfaden wandelte.

Denn auch er bastelte sich, wie andernorts die hohen mittelalterlichen Herren, seine Regeln für höchsten Genuss selbst.

„Ihr müsst Euch keine Sorgen machen", flüsterte er schließlich. „Mein Kammerherr ist fast taub. Dafür hat er aber die Augen eines Adlers."

„Wie wollt Ihr ihm dann morgen den Zustand Eures Bettes erklären?", schmunzelte Maja.

Heinrich grinste. „Mir ist wohl in trunkenem Zustand der Weinkrug aus der Hand gerutscht. Zumindest wird das Bett, wenn ihr mich verlasst, so aussehen und auch so riechen."

Er packte Maja an beiden Handgelenken und warf sich auf sie, um nach dem ausgiebigen Kuschelsex eine härtere Gangart einzulegen.

Es musste kurz nach Mitternacht sein, als er lauschend den Kopf hob. „Ihr solltet gehen", flüsterte er eindringlich. „Man darf Euch nicht sehen." Er schob Maja sanft von sich.

Die sprang aus dem Bett und streifte eilig ihre Kleider über. Dabei hoffte sie inständig, wenigstens die Strickjacke nicht auf links zu erwischen. Den Pullover konnte sie notfalls bis zur nächsten öffentlichen Toilette, wo sie ihre Kleidung richten wollte, darunter verbergen.

Heinrich öffnete die Zimmertür und witterte wie in Tier in die Dunkelheit. Er führte sie ein Stück den Gang entlang, hieß sie, warten und verschwand.

Fremde Stimmen näherten sich. Maja schlug entsetzt die Hände vors Gesicht. Wie erstarrt blieb sie stehen, mit dem Schlimmsten rechnend.

„Geht es Ihnen nicht gut?", fragte jemand teilnahmsvoll und Maja blinzelte erstaunt durch die Finger.

Sie stand inmitten der Demutsgasse und ihre Reisegruppe schickte sich soeben an, den nächsten Erklärungen des Stadtführers zu lauschen.

„Nur ein kleiner Kreislaufaussetzer", stammelte sie geistesgegenwärtig. „Bin wohl zu schnell aufgestanden, als ich mir den Stiefel neu schnürte."

„Sie sehen in der Tat ein wenig blass aus", meinte der nette Herr und begleitete sie zu den andern.

„Ach, wir fahren doch dann zur Baumkuchen-manufaktur", wiegelte Maja ab. „Da trinke ich einen Kaffee, dann geht es mir gleich wieder besser."

Für den Augenblick stand aber erst einmal das Haus Gadenstedt im Mittelpunkt des Interesses. Im 15. Jahrhundert erbaut, erhielt es 1582 den wunderschönen Hochrenaissance-Erker. Ende des 19. Jahrhunderts war es renoviert worden und sticht seitdem durch wunderschöne Butzenscheiben ins Auge.

Wenige Schritte weiter wartete eine der Besucherkutschen und gleich dahinter tauchte das sehenswerte Schiefe Haus auf, das sich, in dem wirklich erstaunlichem Winkel von sieben Grad über die Straße neigt. Der Schiefe Turm zu Pisa bringt es nicht annähernd auf diesen Wert, obwohl er absolut imposant aussieht, wie Maja aus eigenem Erleben wusste. Sie erfuhren, dass das Haus als Galerie und Museum genutzt wird, aber auch, warum es so schief ist. Einst als Walkmühle für die Tuchmacher gebaut, unterspülte der Mühlbach die Mauern, die sich zu neigen begannen.

Wie so oft, staunte Maja über die Kunst der Baumeister, und darüber, was sich alles aus uralter Zeit erhielt, obwohl es einen Makel hatte. Heute genügte oft ein Millimeter Versatz, um ganze Häuser unbewohnbar zu machen, wie sie, leicht übertrieben, immer zu sagen pflegte.

Dann war man auch schon wieder in Nähe des Rathauses und jeder begab sich individuell auf Stadtbummel. Dass Maja vergnügt über alle Weihnachtsmärkte im Stadtzentrum tigerte, mehrere Münzprägeautomaten fand und am Ende doch noch ein paar Kleinigkeiten für Weihnachten kaufte, musste sie niemandem auf die Nase binden.

Umso besser schmeckten dann der Baumkuchen, dessen Werden sie selber beobachten konnten, und der Kaffee dazu. Maja stellte auch recht zufrieden fest, dass sie sich bei ihrem überstürzten Aufbruch von der Burg völlig exakt angezogen hatte.

Der plötzlich beginnende Regen störte sie wenig. Man konnte mit ein paar schnellen Schritten den Bus auf der anderen Seite des Hauses gut erreichen. Mit einem breiten Grinsen stieg sie ein und verkündete: „Es war eine absolut grandiose Tour. Die schreit nach Wiederholung."

Die Einzigen, die nicht zustimmten, waren die Gedankenfalter. Die schoben Frust, weil Maja wieder einmal ohne sie verschwunden war.

Weihnachtliche Wartburg

Eine Woche später machte Maja ihre Ankündigung wahr, noch einmal zur Wartburg zu fahren, um den wundervollen mittelalterlichen Weihnachtsmarkt zu besuchen. Die Gedankenfalter flatterten wild durcheinander.

„Das machst du jetzt nicht, oder?!", hatte der Schwalbenschwanz noch völlig ungläubig ausgerufen, als Maja bei jenem Reisebüro, mit dem sie schon einmal in Eisenach gewesen war, plötzlich den Buchen-Button ansteuerte.

Da war es auch schon zu spät. Sie hatte ihn nicht nur anvisiert, sondern sofort gedrückt.

„Hätte wirklich nicht gedacht, dass jetzt noch ein Platz im Bus zu haben ist!", staunte sie.

„Dann musste das wohl so sein und er war für dich vorbestimmt", murmelte der Schwalbenschwanz resigniert.

Maja rieb sich die Hände. „Prima, dass du das erkannt hast. Nun muss nur noch das Wetter mitspielen, dann ist alles gut."

„Nichts ist gut", grollte der Trauerfalter und wurde vom Schwalbenschwanz unsanft angerempelt, auf dass er schweigen möge.

Dass es ein schöner Tag werden sollte, machte Maja bereits am morgendlichen Gezänk zweier Elstern fest. „Rabenvögel am Morgen vertreiben

Kummer und Sorgen", grinste sie amüsiert, weil die Schmetterlingsgedanken sofort in ihre Umhängetasche abtauchten, aus der es dann dumpf herausklang: „Ha, ha, das sagst aber nur du."

Maja trabte gleich zu Fuß in die Stadt, zum Halteplatz der Reisebusse. Wirklich weihnachtlich war das Wetter in ihrem Landstrich nicht. Es begann aber auch erst, zu nieseln, als sie bereits im Bus nach Eisenach Platz genommen hatte.

Passt doch!

Unterwegs ließ sie wieder den Blick schweifen, um all das Getier zu erspähen, das entweder schon oder noch auf Wiesen und Feldern nach Nahrung suchte. Ein paar Greifvögel saßen, griesgrämig wirkend, auf Pfählen oder speziell für sie angefertigten Ansitzen. Das nasskalte Wetter zerrte wohl auch an ihren Nerven.

Na hoffentlich wird es besser, ließ sich ein Schmetterling vernehmen.

Ich denke schon, gab Maja zuversichtlich zurück. *Wir kommen doch ein ganzes Stück höher. Dann könnte zumindest das, was hier Matsch ist, gefroren sein. Ich fände es auch nicht ganz so toll, im roten Lehm um die Burg herumzuwaten. Denn die vielen Marktbuden lasse ich mir keinesfalls entgehen.*

Dass es am Ende stellenweise so gefroren war, dass sie sich mit beiden Händen am Geländer oder den Mauern vorwärts hangeln musste, ahnte sie da beim besten Willen nicht. Burg und Umland waren wieder einmal nur ganz dezent überzuckert, aber die wenigen Kristalle hatten es in sich …

Außerhalb des Burghofes musste Maja höllisch aufpassen, wohin sie ihre Füße setzte. Bloß nicht das Pflaster betreten, ohne sich irgendwo festhalten zu können!

Zu Majas großer Freude war auch an diesem Adventssonntag das Fotografieren kostenlos erlaubt und so trug sie die kleine Kamera stets griffbereit in der Manteltasche. Ihr erster Weg galt aber dem Schmuckhändler, wo sie im Jahr davor ganz wundervolle Drachenanhänger gekauft hatte. Von dem einen hätte sie zu gern ein zweites Exemplar gehabt!

Ausgerechnet von diesem Modell gab es diesmal gar nichts. Maja atmete mit traurigem Flunsch tief durch, stöberte weiter und entdeckte einen einsamen massiven Drachenkopf mit beweglichem Unterkiefer und wundervollen smaragdgrünen Kristallaugen. Der musste mit! Den würde sie sich zwar nicht um den Hals hängen, aber irgendwo anders hin, so dass sie ihn immer betrachten konnte. Für die Schublade wäre das herrliche Stück viel zu schade gewesen.

Es war noch genügend Zeit, bis zur gebuchten Führung, und so durchstreifte sie wieder einmal die Außenanlagen. Bei einem Blick in die Ferne stellte sie fest, dass sich in einem Punkt die Bilder in groben Zügen mit Innsbruck, mit dem Blick von der Nordkette, ähnelten.

Äußerste Vorsicht, raunten sich die Gedanken zu und begannen, nervös zu werden.

Von der Seegrube aus, auf der Nordkette, konnte Maja die Europabrücke sehen, die einst die größte Brücke Europas gewesen war. Hier war es die nicht minder kolossal wirkende Werratal-Brücke mit weit über 700 Metern Länge und rund 85 Metern Höhe.

Maja seufzte. Sie dachte immer wieder gern an Innsbruck in Tirol, an die vielen erlebten Abenteuer und eben auch an Nico. Ob er wohl ahnte, dass sie sich schon wieder nach ihm sehnte?

Sie wandte sich langsam dem Treffpunkt der Führung zu.

Obwohl erst vor einem Jahr gesehen, freute sie sich darauf, Details von Verzierungen, bautechnische Dinge und Kleinigkeiten, die sie damals einfach übersehen oder als weniger wichtig eingestuft hatte, wiederzufinden. Vor allem brachte jeder Führer auch seine eigene Persönlichkeit mit ein und man konnte neue Facetten an Erklärungen und geschichtlichen Daten entdecken.

Sie nahm sich viel Zeit, das Luther-Zimmer zu betrachten. Als Kavaliersgefängnis sollte das einfach eingerichtete Zimmer *Junker Jörg,* wie man ihn nannte, um seine Anwesenheit nicht preiszugeben, von Mai 1521 an, mehrere Monate beherbergen. Dass Karl V. seine Zusage, ihn sicher zu geleiten, bereute, als durch die Reformation sein Reich zerfiel, konnte Maja bestens verstehen. Hier, auf der Burg, übersetzte Luther auch die Bibel ins Deutsche, womit immer mehr Teile der Bevölkerung Zugang zum Inhalt erhielten.

Auch das Stübchen des Humanisten aus der Renaissance Willibald Pirckheimer nahm Maja genauer unter die Lupe. Er hatte ebenfalls viele klassische Werke ins Deutsche übertragen, sowie griechische Werke ins Lateinische. 1867 war das Stübchen aus Nürnberg auf die Wartburg versetzt worden. Die Großerherzogin Sophie von Sachsen Weimar hatte es angekauft.

Pirckheimer war auch ein Freund und Gönner von Albrecht Dürer gewesen. Von ihm stammte das Geld für dessen zweite Italienreise um 1506. Es gibt einen regen Schriftwechsel zwischen beiden Männern, der diese enge Freundschaft bezeugt. Und beide liegen auf dem Nürnberger St.-Johannis-Friedhof begraben.

Neue Aspekte für Bücher, fragten die Falter.

Maja hob die Schulter. *Wir werden sehen … Ich gebe zu, dass ich zwar viel über Albrecht Dürer wusste, mir Pirckheimer bis jetzt aber ziemlich egal war. Warum auch immer. Auch geht das schon ins 16. Jahrhundert über und ist nicht mehr ganz mein Jagdrevier.*

Sie betrachtete noch einmal eingehend die interessante Konstruktion des Fachwerks der Außenmauer, die Decke des Ganges und schlenderte zufrieden weiter. Diesmal ging sie auch wieder auf die Pirsch nach Gedenkmünzen und stellte fest, dass sie sich wieder mit etwas Ähnlichem begnügen musste, nachdem sie es beim ersten Besuch völlig vergessen hatte.

So, meine Lieben, jetzt statte ich dem Ritterbad einen Besuch ab, erklärte sie den Gedankenfaltern und schlug den Weg zur großen Zisterne der Burg ein.

Der winzige Raum mit dem Seifenladen war voller Menschen. Maja gelang es trotzdem, auf das kleine Treppenpodest zu kommen, wo sie den Gobelin mit dem geheimen Tor zum Mittelalter direkt im Blick hatte.

Und wieder schüttelte sie den Kopf, warum Pferd und Mann von hinten dargestellt waren, was sie regelrecht zum Widerspruch reizte.

Vielleicht, weil es für Menschen nur ein Eingang ist, überlegte sie schließlich, worauf die Gedankenfalter fast erstarrten und der Schwalbenschwanz mahnend rief: *Mach bloß keinen Mist!*

Maja grinste breit: *Man wird doch wohl noch nach-denken dürfen?*

Das Dumme daran ist, dass es nicht unwahrscheinlich klingt, erwiderte der Falter.

Vielleicht mag ich ganz einfach die künstlerische Aus-drucksweise von Wolfgang Peukert, der den Entwurf gelie-fert hat, nicht, warf Maja ein.

Pustekuchen! Obwohl ich den Pferdehintern auch stö-rend empfinde, gab der Schwalbenschwanz zu. *Wel-ches Jahrhundert stellt das Bild überhaupt dar?*

Ähhhhh … keine Ahnung. Maja betrachtete noch einmal jedes Detail. *Eins kann ich euch sagen, mit einem langen Schweif, statt des gestutzten Stummels, und einer vernünftigen Mähne sähe der Zossen um einiges anziehender aus. Weiß der Fuchs, was uns der Künstler damit sagen will!*

Eure Meinung geht mir am Arsch vorbei, überlegte der Gedankenfalter und Maja gab ihm lachend recht.

Ein Pärchen kam laut palavernd zur Tür herein, blieb auf halber Treppe stehen, sah sich um und stieg schließlich weiter herunter, wobei es Maja anrempelte. Die drehte sich kurz und sehr unwil-lig um, weil genug Platz da gewesen war, an ihr vorbeizugehen.

Als sie sich wieder dem Gobelin zuwandte, bekam sie große Augen – das Pferd stand direkt vor ihr, versuchte mit dem Schwanzstummel eine

Fliege abzuwehren, und tänzelte nervös auf der Stelle. Mit ein paar schnellen Schritten brachte sich Maja aus der Hufschlagzone.

„Oh, wir haben Euch noch nicht erwartet!", rief eine bekannte Stimme, die Maja aber nicht sofort zuordnen konnte.

Über den Pferderücken spähend, weiteten sich ihre Augen noch mehr! „M ... Meister Fabian?!"

„Genau dieser und in voller Lebensgröße. Der Erzherzog nimmt gerade ein Bad im See."

Maja schluckte, während es von ihrem Kragen her wisperte: *Der Erzherzog? Oh Gott, oh Gott!!!*

Das, was auf dem Gobelin einen Mann im Kahn darstellte, erwies sich hier als Badender, der Maja nun fröhlich zuwinkte und rasch ans Ufer schwamm. „Ich wusste, Ihr würdet kommen", rief er triumphierend. „Dieser Kleingeist Fabian hat es einfach nicht glauben wollen."

Dann wandte er sich an diesen: „Wie wäre es, großer Meister der Heilkunst, auf Kräutersuche zu gehen und mir ein paar ruhige Minuten mit meiner Geliebten zu gönnen?"

Fabian nickte mechanisch, trottete aber sofort davon. Die Gedankenfalter ließen sich auf den Blumen der näheren Umgebung nieder, um nicht versehentlich zu stören, aber auch, um den Zeitsprung nach Hause nicht zu verpassen. In der großen Hoffnung, dass das Tor auch in die

Gegenrichtung funktionierte, und dass Maja nicht plötzlich wieder bei Sigmund bliebe. Denn dieses Treffen fand eindeutig in jenen Zeiten statt, wo beide glücklich gewesen waren.

„Ich habe mich den ganzen Morgen nach Euch gesehnt", gab Sigmund zu, ihr beim Ausziehen assistierend. Denn er hatte auch keinerlei Zweifel gehabt, dass sie das Sonnenbad, wie er, genießen werde.

Natürlich nicht nur das – seine Fingerspitzen machten sich sofort auf ihrer nackten Haut selbstständig. Weil er schon den ganzen Morgen versucht hatte, seine Lust zu zügeln, kam er auch nach wenigen Augenblicken recht heftig zur Sache.

Eindeutig Lichtschutzfaktor Sex, hörte Maja den Schwalbenschwanz amüsiert wispern, der mit den anderen von Blüte zu Blüte flog, um das sehenswerte Schauspiel nicht zu verpassen.

Ein anderer huschte nicht von Blüte zu Blüte. Er eilte nicht einmal von Pflanze zu Pflanze. Fabian. Der steckte hinter den dichten Sträuchern am Waldrand, spannte ebenfalls sehr interessiert und stellte fest, dass ihm die Hose plötzlich recht eng wurde.

Maja und den Erzherzog schien das nicht zu interessieren. Sie gaben sich derart leidenschaftlich einander hin, dass die Waldbrandgefahr rasch

die höchste Warnstufe erreicht hätte, wäre die
körperliche Hitze als Flamme zu sehen gewesen.

„Verbotene Früchte sind doch immer wieder
am süßesten", schwärmte Sigmund, als sie
erschöpft voneinander abließen. „Mit Euch

macht es mir dabei den meisten Spaß. Ihr seid nicht so prüde und verklemmt wie die hiesigen Frauen. Die lassen mich zwar freimütig zwischen ihre Schenkel, zögen sich dabei aber am liebsten ein Tuch übers Gesicht."

Maja lächelte. Ja, sie kannte seine Eskapaden und wusste auch, wie oft dieser eine Windhauch zur Bestäubung geführt hatte. Davon sprach man schließlich noch in ihrem Jahrhundert. Sie hatte aber auch die Rachsucht seiner Gattin erlebt und war nicht wild auf Wiederholung der ganzen Geschichte. Die kleinen Extras werde sie aber auch weiterhin dankbar und mit Freuden annehmen.

„Es zieht ein Gewitter heran!", hörten sie Fabian vom Waldrand rufen. „Es ist schon ganz nah!"

Mit fliegenden Händen begannen sie, sich anzuziehen, als die bedrohlich schwarze Wolke auch schon den See erreichte. Ein greller Blitz, ein Donnerschlag, so heftig, dass Maja die Augen zukniff.

Als sie sie wieder öffnete, schaute sie erneut genau auf das Hinterteil des Schimmels. Nur dass es diesmal wieder als Bestandteil des Gobelins an der Wand des Ritterbades auf der Wartburg hing.

Alle an Bord, fragte sie vorsichtig.

Alle wohlauf und unversehrt, schmunzelten die Falter. *Uns hat der Gaul mit seinem nervösen Getänzel gewarnt.*

Dann kann ich rundherum zufrieden sein. Es war ein affengeiles Ritterbad!

Na, das war weder zu übersehen noch zu überhören, lachte ein Tagpfauenauge. *Nur Meister Fabian hat etwas betreten aus der Wäsche geschaut.*

Maja zog eine Augenbraue hoch, zuckte mit den Schultern und stieg die Treppe hinauf, um auf Nahrungssuche zu gehen. Sie hatte einen wahren Bärenhunger, der nur mit Honigfleisch gestillt werden konnte. Und das gab es auf dem nächsten Weihnachtsmarktstopp, in Eisenach, ganz sicher nicht.

Mit ihrem leckeren Happen in der Hand setzte sie ihren Weg durch das Burggelände fort und stellte fest, dass das, angesichts der vereisten Wege, ein halsbrecherischer Akt werden konnte. Also aß sie lieber in Ruhe auf und hielt sich dann, wenn immer es ging, an Handläufen und Mauern fest. Sie lauschte Spielleuten, schaute Gauklern zu und freute sich über das reiche Angebot an Ständen und Läden.

Es ist schön hier, flüsterten sogar die Gedankenfalter, die immer wieder die Köpfe aus Majas Kapuze steckten, in der sie sich versammelt hatten.

Wusstet ihr eigentlich, dass der drachengeschmückte Brunnen im ersten Hof eigentlich nur Zierrat ist und auch gar nicht aus dem Mittelalter stammt?

Wirklich, fragten die Falter erstaunt.

Die Burg wurde aus der großen Regenwasserzisterne und mit Wasserfässern versorgt, die per Esel hierher gebracht wurden.

Ach! Und nun tragen die Esel Besucher auf die Burg!

Maja nickte. *Wir sollten unseren Besuch aber langsam beenden. In einer halben Stunde ist Treffen am Bus.*

Noch ein Blick zum Schlag der wunderschönen weißen Pfautauben, deren Vorfahren im 16. Jahrhundert von Indien aus ihren Weg nach Europa gefunden hatten. Dass dies die Legende widerlegt, die Heilige Elisabeth habe im 13. Jahrhundert die Tauben auf die Wartburg gebracht, störte Maja dabei herzlich wenig.

Diesmal hielt der Reisebus in Eisenach an einer völlig anderen Stelle, als beim letzten Besuch, und Maja disponierte ihre kompletten Pläne um. Sie trabte mit der *Herde* mit und stellte auf dem Weihnachtsmarkt fest, dass es einen viel kürzeren Weg gegeben hätte. Das hielt sie aber nicht ab, den langen Weg auch wieder zurückzugehen, weil es viel zu fotografieren gab.

Vor allem die Westansicht des Nikolaitors, also vom Karlsplatz aus, hatte es ihr angetan. Es ist das einzige erhaltene Eisenacher Stadttor und wurde um 1170, fast zeitgleich mit der angrenzenden Nikolaikirche, erbaut. Bis 1832 wurde es sogar noch jeden Abend geschlossen.

Hast du nicht Lust, mal was über die Via Regia zu schreiben, fragten die Falter.

Eigentlich nicht. Maja betrachtete nachdenklich das Tor. Nein, wenn sie noch einmal über den Handel der vergangenen Jahrhunderte schreiben würde, dann einen neuen Seefahrerroman. Der spukte ihr schon lange im Hinterkopf umher. Genau wie Dutzende andere Projekte, die erst einmal Vorrang hatten.

„Oh!" Sie tastete mit der Hand in der Tüte herum, in der vor wenigen Augenblicken noch warme gebrannte Mandeln gewesen waren. „Alle! Da muss doch jemand mitgegessen haben!"

Wir waren es nicht, protestierten die Gedankenschmetterlinge sofort.

Maja grinste vergnügt. *Könnt ihr es beweisen?* Sie versenkte das leere Tütchen im nächsten Abfallkorb. *Los! Auf zum Bus! Dort gibt es lecker Cappuccino! Der tröstet mich bestimmt ein bisschen. Ich hätte eben doch eine große Tüte nehmen sollen!*

Die wäre auch nicht später leer gewesen, kicherte ein Kleiner Fuchs, worauf der ganze Schwarm zu lachen anfing und Maja mit einstimmte. Amüsant besonders deshalb, weil sie die Gebrannten Mandeln hatte auf der Heimfahrt essen wollen.

Es war ein wundervoller Tag, erklärten die Gedankenfalter, als sie kurz vor der Heimatstadt waren.

Ach? Na, so was! Aber erst meckern!

Manche Leute muss man halt zu ihrem Glück zwingen, witzelte der Schwalbenschwanz.

Worauf Maja leichthin erwiderte: *Das lässt sich einrichten!*

Oh Gott!

Majas breites Grinsen reichte fast bis zu den Ohren.

Spanner, Spinner, Edelfalter

„Weil es auf den Weihnachtsmärkten so gut geschmeckt hat, bleiben wir am besten gleich beim Essen", erklärte Maja ein paar Wochen später. „Ich habe soeben ein Angebot bekommen, welches mich überaus reizt."

Die Gedankenfalter setzten sich auf Majas Schultern und Arme, um mitlesen zu können.

„Oha! Italien!" Der Schwalbenschwanz sah seine Freunde bedeutungsvoll an. „Kommen wir da nicht zufällig auf Hin- und Rückweg durch Tirol?"

„Ihr meint, ich könnte mir zwei Mal richtig Spaß gönnen?"

„Du kriegst doch echt den Hals nicht voll!", entsetzte sich der Trauerfalter.

„Wenn es nur der Hals ist", kicherte Maja, die Reise sofort buchend.

„Das war jetzt wenig ladylike", versuchte sich der Schwalbenschwanz als Moralapostel.

Maja hob die Hände, die Schultern und die Augenbrauen. „Darf ich dich daran erinnern, dass du dich kürzlich auch nicht gerade als Falter, sondern als Spanner geoutet hast?"

„Ich liebe diese Wortspiele", lachte ein Bläuling aus vollem Hals, während der Schwalbenschwanz am liebsten im Boden versunken wäre. „Lady Maja hat die Tjost gewonnen!"

„Sieg auf der ganzen Linie, auch wenn ich es nicht gern zugebe", murmelte der Schwalbenschwanz zerknirscht.

„Kläre uns doch erst mal über das Geheimnis der Reise auf!", bat das Tagpfauenauge. „Wo du hinfährst, ist doch immer etwas Besonderes los."

Maja lachte herzlich. „Abgesehen davon, dass es von meinem Lieblingsreiseveranstalter durchgeführt wird, ist es eine kurze Schlemmerreise zum Gardasee mit umfangreichem Rahmenprogramm, das man sich weitestgehend selbst gestalten kann."

„Oh!"

„Ihr wisst doch, wie sehr ich Pasta und einen guten Wein dazu liebe! Ich könnte gar nicht nein sagen. Dann müsste ich nämlich jämmerlich an Herzdrücken sterben, weil ich etwas verpasst habe!"

„Und wie kommt Ihr nach Tirol? Denn von dort geht es doch los", fragte ein fremdes Stimmchen.

„Na, aber hallo! Dich kenne ich doch noch gar nicht! Du musst mir von Sigmund zugeflogen sein", rief Maja. „Wenn ich mich nicht irre, dann bist du ein Distelfalter."

„Das ist richtig", gab der orangefarbene Schmetterling zurück. „In der Gesellschaft Eurer Gedanken hat es mir einfach besser gefallen. Werdet Ihr mich nun davon treiben, weil ich so vorlaut war?", fragte er vorsichtig.

„Ganz bestimmt nicht! Herzlich willkommen im 21. Jahrhundert! Ein bisschen frischer Wind aus einer alten Zeit kann sicher nicht schaden. Die stillen Gedanken werden meist überhört und übersehen, obwohl sie oft viel zu sagen haben. Also versteck dich nicht, mein kleiner Freund! Um deine Frage zu beantworten: Ich fahre mit dem FlixBus hin."

„Aha", machte der Neue. „Was ein Bus ist, habe ich auf der Reise hierher schon gelernt."

„Und von da geht es mit einem anderen Bus weiter", sprach Maja. „Das ist, wie von einer Kutsche in eine andere steigen."

Aber zur ersten Kutsche musste Maja zwei Haltestellen laufen. Genialerweise hatte man die Buslinien der Stadt neu sortiert und nun war der Busbahnhof eben nur noch ziemlich mühsam zu erreichen. So zog sie also ihren Rollkoffer ein Paarhundert Meter über holprige Gehsteige.

Als letzte Hürde lauerte eine Planke über einen Baugraben. Maja konnte sich das Grinsen nicht verkneifen, weil auf dem ersten Brett der Querung in großen roten Buchstaben prangte: Ronny, du Null! Ob besagter Ronny eine Null im Bett oder bei anderen Gelegenheiten war, ließ der Fantasie dabei unendlich viel Spielraum.

War ja klar, dass dir zuerst Sex in den Sinn kommt, prustete der Schwalbenschwanz los.

Immerhin ist das die schönste Nebensache der Welt, kicherte Maja, ihren Koffer auf den richtigen Bussteig ziehend.

Im gleichen Augenblick flog das Rabenkrähenpärchen heran, das für gewöhnlich auftauchte, wenn Maja verreiste. Die großen Vögel stolzierten mehrmals hin und her, beäugten Maja und ihren Koffer eingehend, ehe sie auf dem kleinen Rasenstück auf Nahrungssuche gingen.

Die sahen ziemlich zufrieden aus, wisperte es von ihrem Jackenkragen.

Stimmt auffallend, gab sie mit unbewegter Miene zurück, weil sich immer mehr Fahrgäste einfanden. *Nico dürfte also bald erfahren, dass ich unterwegs bin. Mal schauen, ob er es schafft, ein Treffen zu arrangieren. Ich habe Sehnsucht.*

Der Schwalbenschwanz betastete Majas Wange, als wolle er sie streicheln. *Er wird es fühlen.*

Ist Nico der Mann mit den vielen Gesichtern, fragte der Distelfalter die anderen.

Der Schwalbenschwanz nickte. *Das ist eine sehr gut treffende Formulierung. Wie nennst du ihn denn?*

Das ist schwierig, seufzte der Distelfalter, *manchmal ist er Sigmund und manchmal Georg. Hin und wieder aber auch Oberto oder Nico. Aber auch Namen, die ich gar nicht aussprechen kann, sind mit dabei. Und er sieht jedes Mal ganz anders aus! Dabei sucht er doch stets nur nach einer Möglichkeit, sich mit der Dame Maja zu treffen. Er hat auch immer Sehnsucht.*

Majas Augen strahlten. *Wenn ich das nicht gerne höre, dann fresse ich einen Besen quer!*

Lieber nicht! Dann kannst du nicht mehr wegfliegen, stichelte der Schwalbenschwanz.

Auch wieder wahr. Maja schaute dem eintreffenden Bus erwartungsvoll entgegen.

Sie checkte ein, fand einen Platz mit Steckdose direkt am Fenster und machte es sich gemütlich. In Anbetracht dessen, dass sie nicht plante, vor München noch einmal auszusteigen, packte sie Rätselbuch, Schreibblock und Tablet gleich auf das Tischchen vor sich.

Ein kurzer Blick zu den Sitznachbarn in unmittelbarer Umgebung, dann machte sie lieber Rätsel, als weitere Beobachtungen zu treiben. Die Kapuze, die links vor ihr über die Lehne des Sitzes lugte, hätte wohl ein ganzes Kochstudio mit Speck versorgen können. Aber damit musste man bei dieser Preisklasse des Transfers rechnen und leben.

Auf der ersten kurzen Rast, die kaum als Pinkelpause genutzt werden konnte, versuchten einige, die Bustoiletten zu nutzen. Nun gab es aber darin kein Licht mehr. Als es der Fahrer schließlich einschaltete, fehlte das Papier.

Man kann halt nicht alles haben. Maja war als Einzige auf ihrem Platz geblieben und hatte die erfolglosen Bemühungen der anderen mit einem amüsierten Grinsen zur Kenntnis genommen.

In Nürnberg verkniff sie sich auch, auf das Stille Örtchen zu gehen. In München war genügend Zeit dafür und meist nicht solch eine Hektik.

Hast ja auch wieder überreichlich Zeit, meinten die Gedankenfalter, was Maja nur bestätigen konnte. Warum mussten es nur jedes Mal gleich mehrere Stunden sein, ehe der Anschlussbus nach Innsbruck fuhr?

Irgendwann am sehr späten Nachmittag ging die Fahrt weiter und bald schon klebte Maja wieder buchstäblich am Fenster, um den in allen Rot- und Lilatönen leuchtenden Sonnenuntergang über den schneebedeckten Gipfeln der Alpen zu bestaunen.

Nur für mich! Sie blinzelte den Faltern vergnügt zu.

Der Distelfalter trippelte auf ihre Hand. *Ihr liebt die Berge sehr, wie ich von Sigmund weiß.*

Stimmt. Ich möchte sie am liebsten nach jeder Reise mit nach Hause nehmen.

Warum zieht Ihr dann nicht hierher, fragte der Schmetterling verständnislos.

Maja seufzte tief. *Das ist nicht mehr so einfach, wie zu jener Zeit, die du so gut kennst. Sonst würde ich wohl keine Sekunde zögern. Aber wir sollten uns langsam zum Aussteigen bereit machen. Das Zimmer für die Zwischenübernachtung wartet.*

Am nächsten Morgen wurde Maja vom Krächzen mehrerer Krähen geweckt, die wohl gerade besprachen, wo man das beste Frühstück finden konnte.

„Ihr wisst doch: Krähen am Morgen ...", lachte sie, als die Falter vorsichtshalber wieder in die Umhängetasche abtauchten. „Zudem würde ganz sicher keine von ihnen hier ins Zimmer kommen."

„Bei dir ist alles möglich", klang es dumpf aus der Tasche hervor, worüber sie in schallendes Gelächter ausbrach.

Der Reisebus sammelte etwas später an verschiedenen Zustiegsorten die Passagiere ein. So auch Maja, die mit Spannung wartete, was die nächsten beiden Tagen wohl bringen werden. Dass sie die einzige Deutsche in einer Gruppe Österreicher war, störte sie wenig. Sie kam überall zurecht. Es war ja auch nicht zwingend erforderlich, jeden Dialekt perfekt zu verstehen. Mit Händen und Füßen ging die Verständigung notfalls auch. Hin und wieder kam es zu eher witzigen Missverständnissen, weil sich beide Sprachen doch in vielen Dingen unterschieden.

So hatte sie in Innsbruck ein Schild an einem Geschäft entdeckt: Wir sind verrückt. Nach …

In Sachsen hätte dort gestanden: Wir sind verzogen, weil verrückt, nicht ganz klar im Kopf bedeutete.

Der Distelfalter schaute Maja groß an. *Dann bin ich wohl gar nicht zu dumm? Ich verstehe vieles falsch, weil ich woanders geschlüpft bin!*

Richtig, mein Kleiner. Zudem stammst du aus einer ganz anderen Zeit, sodass du viel Dinge gar nicht kennen und wissen kannst. Tu mir in dem Zusammenhang einen Gefallen und sag einfach du zu mir.

Ich werde es mir merken, versprach der Gedankenschmetterling.

Dann erklomm der Bus auch schon die Berge, um Richtung Brennerpass zu fahren. Vorher sollten an der Europabrücke aber noch die letzten Fahrgäste zusteigen. Die Sonne lugte hervor und tauchte die verschneiten Gipfel in eine Explosion aus goldenem Licht.

Manchmal möchte ich ein Maler sein, um dieses grandiose Schauspiel festhalten zu können, seufzte Maja.

Die Falter schmunzelten. *Erstens kannst du das mit Worten genau so gut und zweitens hast du eine Kamera dabei.*

Stimmungstöter, witzelte Maja. Sie schaute wie gebannt zu, als sich die Lichtfinger über die dick bereiften Bäume unterhalb der Schneegrenze tasteten und jeden einzelnen Eiskristall zum Funkeln brachten. Ein paar Damen hinter ihr im Bus, die wohl sonst auch gemeinsam in einem Chor sangen, stimmten Heimatlieder an. Es passte einfach perfekt und Maja lauschte mit einem zufriedenen Lächeln dem mehrstimmigen Gesang.

Als dann noch eine Krähe in einem Baumwipfel auftauchte, die dem Bus eindeutig hinterherschaute, hatte der junge Tag schon das 100 Prozent Siegel bekommen.

Am Brenner sank das Thermometer kontinuierlich bis auf drei Grad Celsius Plus.

Immerhin Plus, schmunzelte Maja. *Für meine Stoffschuhchen wäre das trotzdem, selbst mit dicken Socken, eine echte Herausforderung.*

Wie erwartet, wurde es rasch wärmer, je tiefer sie kamen. Auch die Sonne ließ sich nicht lumpen. Im Augenblick in der Form, dass sie silbernes Licht aus den grauen Wolkenschleiern sickern ließ, die hier über den Gipfeln festhingen. An den Berghängen stürzten überall Kaskaden von Schmelzwasser über das Gestein und der Blick verfing sich in unzähligen Wasserfällen, die mal kleiner, mal größer waren.

Dann entdeckte Maja etwas in den Bäumen, das auch mal kleiner und mal größer war, und ganz sicher nicht hierher gehörte. Gespinste, die immer zahlreicher wurden, je weiter sie nach Südtirol kamen und einen wirklich bedrückenden Anblick boten.

„Was ist das?", fragte sie schließlich die Reiseleiterin, weil sie so etwas hier noch nie erblickt hatte.

„Das sind die Gelege eines Spinners", bekam sie zur Antwort und den bekümmerten Hinweis, dass sich der Schädling immer weiter ausbreitete.

Ach, das muss der berüchtigte Kiefernprozessionsspinner sein! Es heißt, er fresse nur die Nadeln an und es sei nichts darüber bekannt, dass er ganze Bäume zum Absterben bringe, erklärte Maja den Schmetterlingsgedanken.

Wir wollen trotzdem keinen von denen in unseren Reihen haben, erwiderte der Schwalbenschwanz.

Ich auch nicht, fügte Maja hinzu. *Denn ganz so harmlos ist er nicht! Die Haare seiner Raupen enthalten Giftstoffe, die bei Mensch und Tier heftige allergische Reaktionen hervorrufen können.*

Wir sind eben Edelfalter und keine Landplage, sagte ein Tagpfauenauge voller Stolz. *Und der Ritterfalter namens Schwalbenschwanz ist der Einzige, dem wir uns unterordnen.*

Mein ganz persönlicher kleiner Hofstaat, schmunzelte Maja und musste gleich wieder an die Zeit mit Sigmund auf Burg Fragenstein denken. Dann schweiften ihre Gedanken weiter zur Flucht mit Ritter Georg.

„Wir sind jetzt in Bozen und da vorn ist schon Schloss Sigmundskron", hörte sie die Reiseleiterin sagen.

Maja machte die Augen zu, um die aufsteigenden Tränen zu unterdrücken. Sie hätte im 15. Jahrhundert bleiben sollen, ohne auf die Suche nach einem Tor nach Hause zu gehen. Dann hätte Ritter Georg womöglich auch nicht sein Leben für sie geopfert.

„Ob in diesem oder einem anderen Duell, ich würde früher oder später doch gewaltsam zu Tode kommen."

Maja zuckte heftig zusammen. Sie hatte die Worte laut und deutlich vernommen. Vorsichtig die Augen öffnend, blinzelte sie in die Sonne, die plötzlich nicht mehr durch die Thermoverglasung der Busscheiben gemildert wurde. An einer Mauer der Festung lehnte ein Geharnischter, der nun sein Visier öffnete. Georg!

„Versucht nicht, mich abzuhalten. Wir sind freundlich aufgenommen worden. Euch kennt man hier offenbar nicht, denn der Erzherzog hat seine Liebschaft zu Euch streng geheim gehalten. Meine Gefühle zu Euch sind wie am ersten Tag. Ich weiß nicht, wie es heute für mich enden wird. Schenkt mir noch einmal Eure Liebe, ehe ich sie vielleicht nie mehr genießen kann."

Maja nahm die Hand, die er ihr entgegenhielt und folgte ihm ungesehen zu seiner Kammer.

„Meister Fabian ist gerade auf Kräutersuche. Er wird uns nicht stören."

Fabian! Maja rätselte, warum der nun schon zum zweiten Mal in der Nähe war, wenn sich Nico mit ihr traf. Welche Rolle werde der noch spielen? Hoffentlich nicht wieder so eine wie damals, als er die Häscher auf ihre Fersen lockte! Möglicherweise war es ja auch nur Zufall.

Wir werden die Augen offen halten, schworen die Gedankenschmetterlinge und schwärmten aus.

Ritter Georg nahm Majas Gesicht in beide Hände. „Ihr habt mir gefehlt. Es gab Tage, da habe ich es fast für eine Fieberfantasie gehalten, dass es Euch einmal für mich gab. Und plötzlich steht Ihr wieder vor mir. Ihr tragt wieder diese seltsamen Gewänder … Seid Ihr immer noch auf dem Weg nach Dolceacqua?"

„Nein, das habe ich aufgegeben", erwiderte Maja, sein sanftes Streicheln genießend.

„Wonach sucht Ihr dann?"

„Nach einem winzigen Zipfel Glück. Nach einem Kuss, einer Umarmung und ein wenig Liebe."

Georg zog Maja an seine Brust. „Wenn es nur immer geschähe, dass Ihr erscheint, wenn ich mich nach Euch sehne! Dann müsstet Ihr weder nach dem Kuss noch nach Liebe suchen."

So schnell, wie in den nächsten Augenblicken, war Georg sicher noch nie aus seiner Rüstung gestiegen. Die Vorfreude auf lang entbehrte Annehmlichkeiten beflügelte ihn und es war keine Wunder, dass beide übereinander herfielen, wie ausgehungerte Raubtiere.

Wie der Gedankenfalter beim ersten Besuch auf der Wartburg prophezeit hatte, erinnerte sich Nico in Georgs Gestalt an alles, was sie gemeinsam erlebt hatten, auch wenn es aus der jetzigen Sicht erst noch geschehen werde. „Ihr habt wahrlich ein Feuer in Euch, das nicht aus dieser Zeit stammt", flüsterte er bei den wilden Reiterspielen, an denen er besonderes Gefallen hatte.

„Und Ihr ein Stehvermögen, das in allen Zeiten seinesgleichen sucht", raunte ihm Maja ins Ohr, mit den Fingernägeln die Haut seines Rückens mit deutlich sichtbaren Spuren überziehend.

„Wildkatze!" Er warf sich herum, drückte sie rücklings in die Kissen, wobei er mit einem Griff ihren beiden Handgelenke über ihrem Kopf fixierte, während die andere Hand genussvoll auf Erkundung über ihren Körper ging. „Vielleicht sollte ich Euch zeigen, was ganz brav in diese Zeit gehört!"

„Oh ja! Zeigt es mir!" Maja blinzelte ihm zu, während sie sich aufreizend die Lippen leckte, denn dass er ein Meister der Missionarsstellung war, wusste sie.

„Ihr seid unersättlich", wisperte er.

Sie lachte leise. „Ich bin nur ganz einfach begriffsstutzig, Ihr müsst es mir mehrfach erklären. Am besten so drei bis vier Mal nacheinander, damit ich verstehe, was brav ist. Kurz darauf habe ich es wieder vergessen. Dann beginnt am besten noch einmal ganz von vorn."

„Dem treuherzigen Blick möchte ich fast glauben, wüsste ich nicht genau, wie gerissen Ihr in Notsituationen sein könnt", seufzte Georg.

„War ich jemals unehrlich Euch gegenüber?"

Der Ritter schüttelte den Kopf.

Eine ganze Wolke schillernder Falter kam zum Fenster herein. Sie gaben sich nicht einmal die Mühe, vor Georg verborgen zu bleiben. „Ihr werdet gleich eine Notsituation haben! Der Tross des Erzherzogs zieht heran!"

Maja und Georg ließen wie auf Befehl voneinander ab. „Habt ihr ihn gesehen?!"

„Ja, deshalb sind wir zurückgekommen!"

„Verdammt! Ihr müsst fort!" Georg half Maja, ihre Kleider zusammenzusuchen.

„Ich kenne einen verborgenen Pfad, der aus der Burg hinaus führt", verriet der Distelfalter.

„Dann führe sie!", rief Georg. „Lebt wohl, Liebe meines Lebens!"

„Lebt wohl, mein liebster Schatz!" Maja huschte auf den Gang hinaus.

Der Distelfalter brachte sie auf geheimen Wegen zu einem Durchschlupf unterhalb der Außenmauer. Die eiserne Falltür war so schwer, dass es Maja nur unter Aufbietung aller Kräfte gelang, sie nach oben zu schieben, und der Spalt war so eng, dass sie glaubte, nie lebend hindurch zu kommen.

Sie hatte die Passage noch nicht ganz durchquert, als die Falltür mit einem kanonenschussähnlichen Knall zufiel. Maja wurde schwarz vor Augen.

Etwas ruckte an ihrem Körper. Ganz vorsichtig schaute sie sich um. Sie saß auf ihrem Fensterplatz im Bus. Die Dame hinter ihr hatte sich am Haltebügel ihres Sitzes in eine andere Position gebracht.

Alle da, meldete sich der Schwalbenschwanz. *Nur gut, dass wir flinke Kerlchen sind!*

Dafür bin ich auch sehr dankbar. Maja schaute der Burg noch lange nach. *An dieser Anlage hat sich Sig-*

mund übrigens nicht mit übermäßig Ruhm bekleckert. Sie war wohl ein paar Nummern zu teuer in der Haltung. Er hat sie um 1473 gekauft, nach sich umbenannt und massiv ausbauen lassen, sodass sie auch Feuerwaffen standhalten konnte. So münzreich war sein Staatssäckel dann aber nicht, um die Kosten auf Dauer stemmen zu können, so hat er sie verpfändet und damit dem schleichenden Verfall preisgegeben. Die vormals Formigar genannte Burg muss in ihrer Blütezeit einen grandiosen Anblick geboten haben. Damals, als ich mit Georg auf der Flucht war, hielten wir uns meilenweit von hier fern. Wirklich bedauerlich, dass ich sie nie in ganzer Pracht sehen konnte. Jetzt beherbergt sie übrigens ein Museum des Südtiroler Extrembergsteigers Reinhold Messner.

Oh, schaut mal, da drüben steht die Ruine der Haderburg!

Maja hatte den Satz noch nicht beendet, als die Chordamen ein Lied über die Feste anstimmten. Maja dachte an jenen Tag zurück, als sie in Venedig Kaiser Barbarossa begegnet war. Auch diese Burg hier hatte mit ihm zu tun und wenn es nur indirekt war.

Papst Hadrian IV. hatte seine vornehmsten Kurienkardinäle zu ihm entsandt, um ihm Ehrengaben überbringen zu lassen. Hier an der Klause waren diese durch die Ritter des castellum Salurna überfallen und ausgeraubt worden. Und nicht nur das, die Raubritter hatten reichlich Lösegeld für die beiden Kardinäle verlangt!

Heinrich, der Löwe, fackelte nicht lange. Er ließ die Burg zerstören.

Später war sie wieder aufgebaut worden. Und so thront die unbewohnte Ruine noch heute auf ihrem freistehenden Felsen in den Geierwänden. In dieser Burg soll sich die Sage *Der alte Weinkeller bei Salurn* ereignet haben, die von den Gebrüdern Grimm niedergeschrieben worden ist.

Baumaterial da hinauf bringen, ist eine unglaubliche Meisterleistung! Zumal der Turm nicht aus Steinen erbaut worden ist, die es gleich um die Ecke zu holen gab!

Maja schickte auch dieser Ruine einen langen Blick hinterher. Auch hier hatten sie damals mit Georg Glück gehabt. Man hatte sie unbehelligt ziehen lassen.

„An der Paganella machen wir eine halbe Stunde Rast", erklärte die Reiseleiterin soeben und Maja überlegte, ob sie sich wieder ihre sündhaft teuren Leckerli kaufen sollte. Diesmal siegte die Vernunft und so betrachtete sie ziemlich emotionslos die Auslagen an der Tankstelle. In der Tasche steckten auch noch Kekse, die den kleinen Hunger genau so stillen konnten, sollte er sich wirklich melden.

Gib es zu, du willst bloß beim Pasta-Schlemmen richtig zuschlagen, lachten die Falter.

Aber sicher doch! Da mache ich auch gar keinen Hehl draus. Maja wandte ihr Gesicht wieder den Sonnenstrahlen zu. Die Wärme der Frühlingssonne tat gut und sie freute sich auf alles, was der Tag noch bringen werde. Schließlich hatte der für heute schon 200 Prozent gegeben und er war noch lange nicht zu Ende!

Jetzt fuhren sie erst einmal am Monte Baldo Massiv entlang, welches man auch den Garten Italiens, Hortus Italiae, nennt, weil es so unglaublich viele seltene Pflanzenarten beheimatet. Während der Eiszeit hatte die Spitze des Berges aus dem ewigen Schnee und Eis hervorgeschaut und vielen Pflanzenarten das Überleben gesichert. Heute gibt es spezielle Schutzzonen, wie den Parco naturale locale del Monte Baldo.

Inzwischen fragte die Reiseleiterin die persönlichen Daten für die Übernachtungsanmeldung ab und musste feststellen, dass wieder einmal jemand keinen Pass oder Ausweis dabei hatte, obwohl das explizit in den Reiseanforderungen gestanden hatte. Zudem gehörte es sich ganz einfach so, wenn man ins Ausland fuhr. Auf das: „Ich bin nie kontrolliert worden", konnte man sich schlecht berufen, wenn es hart auf hart kam. Und bei der anhaltenden Flüchtlingsproblematik in Italien musste man jederzeit damit rechnen, genauer unter die Lupe genommen zu werden. Im Hotel einchecken ohne Papiere? Maja konnte sich nicht erinnern, dass das jemals irgendwo funktioniert hätte.

Nudelsymphonie

Pünktlich zu Mittag traf der Bus auf dem Parkplatz des Ristorante Serenità in Valeggio sul Mincio ein. Von außen war dem Haus nicht auf den ersten Blick anzusehen, was sie im Inneren erwarten werde.

Doch das war umwerfend! Das gesamte Ambiente wirkte edel. Das mehrgängige Pastamenü wurde aus wundervoll geformten Schalen aufgetan. Fast durchsichtig dünner Teig umhüllte in verschiedensten Formen, Steinpilz-, Spinat- und Fleischkreationen, zu denen verschiedene Soßen und natürlich Käse gereicht wurden. Zu jedem Gericht gab es den passenden Wein und Maja war ganz Gaumen und Nase.

Der Schwalbenschwanz gab blinzelnd den Befehl an den Schwarm aus: *Bloß nicht ansprechen! Das könnte mit der Todesstrafe geahndet werden.*

Lachend verschwanden die Falter nach draußen, um die herrliche Sonne zu genießen.

Es gab auch mehrere Gänge süßen Nachtischs, den sich Maja ebenfalls mit allen Sinnen munden ließ.

„Ich liebe Italien!", sagte sie zu ihren Tischnachbarn, die allesamt amüsiert nickten.

Und schon war man im Gespräch, was sich in den nächsten beiden halben Freizeit-Tagen anzuschauen lohnen werde. Für heute stand noch Sirmione auf dem Plan, mit viel, viel Freizeit, wie sie Maja hier noch nie erlebt hatte.

Aber zuerst gab es, trotz reichlichem Alkoholgenuss im Ristorante, einen Verdauungs-Wermut von Busfahrer und Reiseleiterin, den auch kaum einer ausschlug. Entsprechend lustig waren danach die Chordamen, worüber die meisten anderen herzlich lachten. Das Leben ist zu kurz, um Trübsal zu blasen.

Um die Geschmackssinfonie abzurunden, ging die Fahrt nun durch den Stadtteil Borghetto, der zu beiden Seiten des Flusses Mincio liegt. Genau genommen erstreckt sich das ehemalige Fischerdörfchen unterhalb der Visconti-Brücke. Die Ponte Visconteo ist ein mittelalterliches Damm- und Brückenbauwerk, welches eindeutig Festungscharakter hat. Die Brücke ist 650 Meter lang und 21 Meter breit und sollte zur Zeit ihrer Entstehung den Mincio stauen, um Mantua das Wasser zu entziehen, damit man die Stadt schneller einnehmen konnte. Der Plan misslang. Aber die beeindruckende Brücke steht noch heute, obwohl der Zahn der Zeit einige Teile stark angenagt hat. Sie ist sogar eines der vom Verfall gefährdetsten Bauwerke überhaupt.

Trotzdem findet hier in jedem Jahr, am dritten Dienstag im Juni, das Festa del nodo d'amore, das

Fest der Liebesknoten, statt, wie man die Tortellini nach einer alten Legende nennt.

An zwei 600 Meter langen Tischen auf der Brücke, nehmen etwa 6000 Gäste Platz. Rund 600.000 Tortellini, neben diversen anderen Spezialitäten aus der Region, werden auf diesem Fest von rund 300 Kellnern serviert.

Natürlich ist eine Voranmeldung unausweichlich und bei einem Preis von 85 Euro pro Person sind die Karten meist auch rasch ausverkauft.

Die Legende erzählt vom Mailänder Feldherrn Giangaleazzo Visconti, der hier am Mincio im 14. Jahrhundert gegen Mantua kämpfte. Man berichtete ihm, dass der Fluss von wunderschönen, aber mit einem alten Fluch behafteten, Nymphen bevölkert sei. Dieser Fluch lasse sie als alte hässliche Hexen erscheinen, wenn sie am Ufer tanzten.

Sein Hauptmann Malco sah eines Nachts auch wirklich die Tänzerinnen und ging auf sie zu. Worauf sie, bis auf eine, erschreckt ins Wasser flohen. Er schaute etwas genauer nach und entdeckte unter dem hässlichen Mantel tatsächlich eine wundervolle Nymphe, in die er sich unsterblich verliebte.

Weil Silvia, die Nymphe, wieder in den Fluss zurückmusste, bevor die Sonne aufging, reichte sie ihrem Liebsten ein goldenes Taschentuch mit einem Knoten als Liebespfand. Und wie so oft, blieb ihre Liebe nicht lange unentdeckt und eine eifersüchtige Hofdame schwärzte Silvia als wirkliche Hexe an.

Es gab nur eine Chance: Malco musste ihr ins Reich im Fluss folgen, was er auch, ohne zu zögern, tat. Am Ufer blieb nur das geknotete Taschentuch zurück.

Seitdem ist es in Valeggio Tradition, dass an Festtagen die Frauen einen dünnen Nudelteig ausrollen und daraus lauter kleine Liebesknoten, die Nodi d'amore, formen und in zerlassener Butter mit Salbeiblättchen anrichten.

Scheiß Eifersucht, seufzte ein Zitronenfalter, worauf Maja erklärte: *Eifersucht ist eine Leidenschaft, die mit Eifer sucht, was Leiden schafft.*

Der Schwalbenschwanz schaute Maja prüfend an.

Keine Sorge, das liegt nicht am Alkoholgenuss. Ich kenne da nur noch jemanden, der sich auf Burg Fragenstein blind vor lauter Liebe fast ins Unglück gestürzt hätte. Einer vor Eifersucht rasenden Gattin ist es zu verdanken, dass ich heute hier sein kann. Sonst wäre ich irgendwann auf der Burg an Altersschwäche gestorben und mit mir alle meine Träume.

Auch eine Philosophie, schmunzelte der Falter. *Gehen wir lieber in Sirmione auf Entdeckungstour. Dass der alte Cäsar heute aufkreuzt, dürfte ziemlich unwahrscheinlich sein.*

Deine Philosophie ist aber auch nicht schlecht, grinste Maja und stieg gleich kurzärmelig aus dem Bus, weil es nicht so aussah, als wolle sich die Sonne hinter Wolken verstecken.

Los! Einmal um die Burg, und dann rechts am Wasser entlang, soweit die Füße tragen!

Geht klar, lachten die Falter. *Heute gar kein Schlumpfeis?*

Diesmal nicht. Sonst bin ich wirklich noch schuld, wenn die kleinen Blaumänner aussterben. Maja tigerte mit gezückter Kamera los.

Im Graben der Burg entdeckte sie einen kleinen schwimmen Ponton, auf dem ein Blässhuhn-Paar seine Jungen aufzog. Eines der Kleinen schwamm im Wasser, ein Zweites schnäbelte mit einem Elterntier, während das andere auf dem Nest hockte.

Süß. Das macht gleich richtig gute Laune. Maja schoss ein paar Bilder und zog weiter.

Sie nutzte die erste Treppe, um ans Wasser zu kommen, wo sie, auf dem schmalen künstlichen Pfad, bis zur Inselspitze zu gehen, gedachte. Unterwegs entdeckte sie wundervolle Muschelbänke, Insekten, Wasservögel und Pflanzen, die sie sonst noch nirgends gesehen hatte. In Höhe der heißen Quellen musste sie den Pfad wegen einer Baustelle verlassen.

Ehe sie einfach durch das offene Tor des Parks eines Fünf-Sterne-Hotels weitermarschierte, betrachtete sie schmunzelnd den *Pool,* welchen sich ein paar Jugendliche aus großen Steinen direkt im See gebaut hatten und der durch die warmen Quellen eine angenehme Temperatur hatte. Sie lagen entspannt im Wasser und ließen es sich in der Sonne gut gehen.

Maja taxierte kurz noch die Lage, dann trabte sie bergan, um zu schauen, wo sie herauskommen werde. Groß war die Landzunge ja nicht und man konnte sich auch kaum wirklich verlaufen, schlimmstenfalls in der Zeit vertun.

Ach, da haben wir ja schon die Objekte der Begierde! Sie hatte soeben den Weg zu den Grotten des Catull und dem Museum entdeckt. Maja ließ buchstäblich ihre Gedanken fliegen, denn die schillernden Falter huschten von Blüte zu Blüte und genossen den Ausflug genau so sehr wie sie.

Maja bezahlte die acht Euro Eintritt und wandte sich sogleich dem Museum zu. Es war immer wieder ergreifend, am direkten Ort des Geschehens Artefakte zu betrachten, als fernab ihrer Entstehung in irgendeinem Museum.

Trotzdem ist mir das 15. Jahrhundert lieber, seufzte Maja, die Waffen aus römischer Zeit vergleichend. *Das alte römische Imperium verursacht mir immer einen gelinden Grusel.*

Dabei sind einige Ausstellungsstücke einfach nur umwerfend schön. Schaut euch nur das Fragment des blauen Freskos mit den Fischerbooten an! Sind die Segel nicht fast fotografisch dargestellt?!

Es hatte in allen Jahrhunderten Meister gegeben, die sich künstlerisch so ausdrücken konnten, dass jeder ihre Werke vergötterte.

Und wieder seufzte sie: *Manchmal möchte ich ein Maler sein!*

Der Distelfalter setzte sich auf ihre Schulter. *Weißt du eigentlich, dass deine Zeichnungen in meiner Zeit auch Gold wert gewesen wären?*

Maja blinzelte ihm zu. *Siehst du, ich bin eben immer zur falschen Zeit am falschen Ort. Oder ich bin am richtigen Ort und treffe die falschen Leute. Hin und wieder bin ich mit den richtigen Leuten am richtigen Ort, aber es ist alles falsch, was dabei heraus kommt. Es ist doch wirklich zum Haareraufen.*

Du bist wirklich ein schwieriger Fall, murmelte der Distelfalter resigniert, sich wieder zu den anderen Faltern gesellend.

Maja beendete ihren Rundgang, erspähte eine Toilette und setzte etwas später ihren Weg durch das Ausgrabungsareal fort.

Denk an den Rückweg, mahnten die Gedanken, worauf Maja seufzte.

Es reichte schon ihr eigener Pünktlichkeitsfimmel. Da mussten die Schmetterlinge nicht noch

Öl ins Feuer gießen. Vielleicht hätte sie ja gleich hierher gehen sollen? Andererseits hatte ihr der Weg am See entlang gutgetan. Auch fühlte sie, nicht zum letzten Mal in Sirmione zu sein. Vielleicht war ja ein andermal wieder so viel Freizeit. Dann werde sie bestimmt das ganze Areal erkunden. Also noch ein letzter Blick auf die hohen Mauern mit den Rundbögen, dann kehrte sie um.

Du bist so still, flüsterte der Schwalbenschwanz, als sie vor einem Olivenbaum stehen blieb, der einen weit aufgespaltenen Stamm hatte und sie an das Tor in eine andere Welt erinnerte. *Bist Du enttäuscht, weil Cäsar nicht erschienen ist?*

Maja schüttelte den Kopf. *Das ist auch etwas, das sich für mich nicht richtig anfühlt. Auch diesmal bin ich unter seinem Protektorat gereist.*

Wer weiß, das Imperium ist groß…, weiter kam der Falter nicht, da lachte Maja: *Und manchmal schlägt es zurück.*

Wenn du albern wirst, ist wenigstens noch Hoffnung, stellte der Schwalbenschwanz grinsend fest. *Ich wollte eigentlich sagen: Womöglich ist er in Rom unabkömmlich.*

Die Furcht vor den Löwen in seinem Zirkus ist, ehrlich gesagt, größer, als die Sehnsucht, gerade ihn sehen zu wollen. In seiner Zeit gilt ein Menschenleben zu wenig, als dass ich mich jetzt verzehren müsste, weil ich ihn nicht getroffen habe. Maja schlenderte weiter. *Das Einzige, was mich gereizt hätte, wäre gewesen, die gigantische Villa, die man heute die Grotten nennt, in ganzer Pracht zu sehen. Wir waren ja damals in einem anderen Haus zu Gast. 167 Meter Länge und 105 Meter Breite, drei Geschosse, 20.000 Quadratmeter, das nenne ich ein Häuschen! Und dann der wundervolle Blick auf den See! Die römischen Panoramaterrassen waren herrlich. Wie so vieles, was die alten Römer gebaut haben.*

Schau mal, dein Lieblingseisladen, lockte der Distelfalter.

Diesmal nicht! Maja strebte dem Burgtor zu. Und wieder blieb sie am Eingang zum Turm stehen, ohne hineinzugehen.

Was hält dich hier nur ständig ab, wunderten sich die Schmetterlingsgedanken.

Wenn ich es nur selber wüsste! Maja wirkte ratlos. *Vielleicht ist die Zeit in diesem Jahrhundert noch nicht reif?*

Möglich. Folge ganz einfach deinen Intuitionen. Der Schwalbenschwanz machte es sich auf Majas Tasche gemütlich.

Vorbei an der Windrose aller Gardaseewinde spazierte sie zum großen Parkplatz, um noch ein wenig den See zu betrachten, den sie so liebte.

Als sich alle eingefunden hatten, nahm man die letzte Etappe für heute in Angriff – die Fahrt zur Übernachtung nach Bardolino im Parc Hotel Gritti, direkt am See.

„Jetzt mit Nico hier sein", murmelte Maja beim Anblick des Zimmers, dessen eine Wand das ganzformatige Bild eines Zweiges mit großen weißen Blüten schmückte, die im Kelch intensiv dunkelrosa wurden.

Schon träumt sie wieder, wisperte der Distelfalter, um Maja bloß nicht gleich in die Realität zurückzureißen.

Beim Abendbrot, das für Maja aus verschiedenen Sorten Pudding bestand, denen sie einfach nicht widerstehen konnte, saß sie mit einem Ehepaar zusammen, mit dem sich eine überaus lustige Unterhaltung entwickelte.

So war es auch kein Wunder, dass sie am nächsten Tag die Freizeit miteinander verbrachten. Doch vorher trat wieder einmal das ein, was jeder Reiseleiter im Vorfeld zu verhindern sucht.

Es war mehrfach gesagt worden, man solle darauf achten, die Schlüssel abzugeben. Nur gut, dass der Bus noch nicht abgefahren war! So nahm die Reiseleiterin persönlich die Schlüssel der Säumigen und eilte zur Rezeption zurück. Ob es die Gleichen waren, die auch keine Ausweise dabei hatten, wollte Maja gar nicht wissen, hätte sich aber auch nicht sonderlich darüber gewundert. Es gab immer wieder Leute, die einfach gar nichts auf die Reihe brachten.

Ein Pärchen Krähenvögel mit grauem Bauch hatte schon am Abend auf einem Baum vor Majas Zimmer gekrächzt und schien nun gekommen zu sein, um sie zu verabschieden.

Schau mal, flüsterten die Falter und Maja nickte erfreut.

Ich habe sie schon entdeckt. Nico wird also erfahren, dass ich auf dem Rückweg bin.

Der Fahrer schaffte es unter dem begeisterten Beifall der Reisenden, den riesigen Bus durch die Nadelöhre der engen Gässchen zu fädeln, um die Hauptstraßen und schließlich die wundervolle Gardesana zu erreichen, die sich am Ufer des Sees entlang zieht. Genau genommen ging es die Strada Statale 249 Gardesana Orientale auf der Ostseite entlang.

Noch vor Torri del Benaco bekam Maja eine Reisebegleitung, die sie weder erwartet hatte noch deuten konnte. Eine große Möwe hielt wenige Meter neben Majas Platz über unglaublich viele Kilometer in haargenau der gleichen Geschwindigkeit mit, die der Bus fuhr.

Ist das nun gut oder schlecht, rätselten die Gedankenfalter.

Keine Ahnung. Auf alle Fälle ist es völlig verrückt und reiht sich geradezu fantastisch in die Seltsamkeiten ein, die immer wieder nur mir passieren, schmunzelte Maja. Sie machte einige Aufnahmen, um zu dokumentieren, wie lange das Tier seine ungewöhnliche Position hielt.

Ob es mit Oberto zu tun hat? Möwe und Admiral passen ja irgendwie zusammen, meinte der Schwalbenschwanz.

Ich habe mir das Wundern und Orakeln abgewöhnt, lächelte Maja. Oberto hätte sie, im Gegensatz zu Cäsar, liebend gern wiedergesehen.

Dabei reichte die Geschichte so vieler Orte hier bis in die Römerzeit zurück. Torri del Benaco, das alte Castrum Turrium, machte da keine Ausnahme. Es war sogar eine Weile Hauptort der Gardesana di terra e dell'acqua gewesen. Hier wurde besonders wehrhaft gebaut. Das Schloss des letzten Scaligers, Antonio della Scala, aus dem 14. Jahrhundert gibt es heute noch.

Der Brudermörder ist auch nur 36 geworden, erklärte Maja zum Schloss blickend. *Es war ja zu diesen Zeiten hier an der Tagesordnung, sich gegenseitig um die Ecke zu bringen, falls ihnen die Kriege nicht zuvorkamen.*

Aber da vorn ist schon Malcesine. Bei so viel Schnee, wie hier noch auf den Gipfeln liegt, werde ich mal lieber beide Jacken anziehen.

Im Ort selber spürte man den Eishauch kein bisschen. Da hatte die kraftvoll strahlende Frühlingssonne die Luft in den verwinkelten Gässchen angenehm erwärmt und Maja knotete sich die Jacken um die Hüften. Gezielt suchte sie nach dem Weg zur Burg und traf auf das Ehepaar vom Vorabend. Und so gingen sie gemeinsam auf Entdeckungsreise ins Mittelalter, weil die beiden die gleichen Interessen wie Maja teilten.

Je höher sie auf dem Gelände der Scaligerburg kamen, umso kühler wurde es und Maja schlüpfte in ihre Strickjacke. Vor dem Aufstieg zur Plattform des Turms zog sie auch noch ihre Wetterjacke über und tat gut daran. Denn hier oben spürte man deutlich den Eisatem der Berge.

Ein unglaubliches Gefühl, hier zu stehen, auf dem Turm jener Trutzburg, die sogar von Kaiser Barbarossa vergeblich belagert wurde.

Vom alten Rotbart kommst du auch nicht los, lachten die Gedankenfalter.

Wobei ich mit dem ja nun wirklich kein Techtelmechtel hatte, schmunzelte Maja.

Ein anderer schmunzelte auch – der Mann des österreichischen Paares. Der ließ nämlich seine Frau die Kamera suchen, obwohl er sie breit grinsend in der Hand hielt. Maja amüsierte sich prächtig über die beiden. So kleine nette Späße lagen ganz auf ihrer Wellenlänge.

Dabei hatte sie erst Augenblicke vorher selber für Lacher gesorgt. Maja hatte mit dem Rücken direkt vor der Turmglocke gestanden, von der sie nicht wusste, dass sie noch in Betrieb war. Mit einem entsetzten „Huch!", war sie fast bis an die

Zinnen gesprungen, als die Glocke plötzlich ohrenbetäubend zu läuten begann.

Die Plattform, auf der die Glocke aus dem 15. Jahrhundert jetzt steht, wurde erst 1909 gebaut, als das alte Holzdach des Turmes durch Beton ersetzt wurde.

Wer wann als Erster begonnen hatte, hier auf dem Hügel, Zuflucht zu suchen, ließ sich heute nicht mehr herausfinden, nur, dass es die Langobarden gewesen waren, die eine Feste errichteten. Dann erfolgten Jahrhunderte lang Um- und Ausbauten, bis das heutige Bild des Bauwerks entstand, das sich im Laufe der Zeit vom Berg herunter etwas weiter ausbreitete. Im Jahr 1902 wurde die wundervolle Scaligerburg zum Nationalmonument erklärt.

Goethe hatte sie in seinen italienischen Reiseberichten berühmt gemacht. Als er Zeichnungen von ihr anfertigte, hatte man ihn sogar für einen Spitzel gehalten. Mit gewandten Worten konnte er sich aus der Affäre ziehen.

„Ja, es ist eben immer gut, wenn man eine flotte Gusche hat und fix denken kann", grinste Maja.

Na, da bist du ja bestens ausgestattet, kicherte der Schwalbenschwanz.

Es ist immer hochgradig verdächtig, wenn ihr euch so in Nettigkeiten ergeht, grübelte Maja. *Gibt es etwas, das ich wissen sollte.*

Lachend stoben die Falter davon.

Maja hingegen betrat mit ihren Begleitern einen Ausstellungsraum nach dem anderen, um schließlich im Museum über den See und die Region Monte Baldo zu landen.

2008 wurde diese Filiale des Naturkundemuseums von Verona neu gestaltet und man findet in neuen Räumen Exponate zur Naturgeschichte. Maja blieb natürlich besonders lange bei den präparierten Tieren stehen, unter denen sich auch eine Alpendohle befand.

Ihr stach sofort ins Auge, dass der Vogel recht klein war und zudem etwas gerupft aussah. Die Größe passte natürlich, da die Alpendohle wirklich nur ein mittelgroßer Vertreter der Rabenvögel ist. Maja hatte meist mit den großen Rabenkrähen zu tun, weswegen ihr die Dohle besonders winzig vorkam. Wegen des gelben Schnabels sah sie einer überdimensionierten Amsel ähnlich, wie Maja mit einem amüsierten Lächeln noch bemerkte.

Warum das Tier mit so zerzaustem Gefieder präpariert worden war, würde sie wohl nie erfahren. Aber durch die Ungewöhnlichkeit werde es ihr bestens im Gedächtnis bleiben.

Nachdem sie die Burg verlassen hatten, gingen sie zur kleinen flachen Bucht hinunter, die in der Vergangenheit oft als Anlegestelle genutzt worden war. Ein romantischer Flecken, wie alle drei übereinstimmend feststellten. Auf dem Weg zum Markt entdeckte Maja wieder unzählige kleine Details, die den anderen sonst verborgen geblieben wären: Wasserhähne in Form von Greifen- oder Drachenköpfen, uralte wunderschön mit Eisen beschlagene Türen oder die verschieden geformten Metallklammern, mit denen man im Mittelalter Mauerstücke fixierte.

Dann entdeckten sie ein Geschäft, welches unzählige Sorten Limoncello und andere Erzeugnisse aus Limonen und Zitronen anbot. Da Maja ziemlich sicher war, dass man auf dieser Reise nicht in Mori anhalten werde, weil ja speziell der Markt in Malcesine ein Punkt der Fahrt war, deckte sie sich hier mit allem ein, was als *Muss* auf dem Notizzettel gestanden hatte.

Den Markt selber besuchten sie zwar auch noch, begnügten sich aber mit Schauen, weil es meist um Waren ging, die es überall in der Region zu kaufen gab und nicht unbedingt etwas Besonderes darstellten. Zumindest nicht für jene, die sich öfter am Gardasee aufhielten.

Nach einem Besuch am Hafen beschlossen sie, sich ein Ristorante zu suchen, wo man windgeschützt essen und die letzten beiden Stunden verbringen konnte. Sie entschieden sich für das Alpino direkt am Markt, um sich hinein zu setzen, statt in den Außenbereich. Und dann ging für Maja die Nudelsymphonie nahtlos weiter, denn sie bestellte sich Pappardelle porcini, Nudeln mit Steinpilzen, die sie sich mit einem fast seligen Lächeln schmecken ließ.

„Ich liebe italienisches Essen!", schwärmte sie und die Gedankenfalter nickten andächtig.

Hey kids let's kotz!

Nun hieß es für dieses Mal endgültig Abschied nehmen. Der Gardasee präsentierte sich tiefblau, die Sonne strahlte noch immer und die Burg hob sich hell vom Hintergrund ab, als Maja einen letzten wehmütigen Blick aus dem Busfenster warf.

Du wirst wiederkommen, versuchten die Gedankenfalter, sie zu trösten.

Das ist jedes Mal genau so schlimm, wie wenn ich aus Tirol weg muss, und die Berge nicht mitnehmen kann, klagte Maja. *Ich habe stets das Gefühl, dass mir ein Stück Herz herausgerissen wird, das danach immer Wochen braucht, um sich zu regenerieren.*

Über den Passo San Giovanni verließen sie das Tal des Gardasees. Maja betrachtete die Felsformationen, deren Schichten mitunter gestaucht, geknickt und schräg gestellt waren, sodass man sich fast körperlich die gewaltigen Kräfte vorstellen konnte, die die Erdrinde so traktiert hatten.

Es ist gewaltig, keine Frage! Die Falter hockten am Fenster und staunten ebenfalls über das, was tektonische Verschiebungen zuwege gebracht hatten.

Aber auch über kleine Gesten, mit den Menschen andere zum Lächeln brachten. So war ein verlassenes Grundstück abgemäht worden, wie viele andere auch, nur dass hier jemand schützend ein rot-weißes Absperrband um einen Tuff Tulpen gezogen hatte, die in voller Pracht blühten und mit ihren Farbtupfern nun aufmerksame Reisende erfreuten.

Bei Rovereto fuhr der Bus schließlich auf die Brennerautobahn und damit unweigerlich nach Hause.

Maja fotografierte wieder eine ihrer Lieblingsburganlagen, ohne sofort jemanden fragen zu können, um welche es sich namentlich handelte. Das sollte sie viel später erst durch Facebookfreunde erfahren. Ihr hatte es sich nur eingebrannt, dass dies die größte Wehranlage der Region sei. Und die Regionen hatte sie, um den Wirrwarr richtig komplett zu machen, dann auch noch durcheinandergebracht!

Von ebenjener Burg, dem Castell Beseno, hatte sie sich auf der Flucht mit Ritter Georg auch ferngehalten, weil hier meist zu viel Trubel herrschte und so war der Name auch nie gefallen. Auf dem weit über anderthalb Hektar großen Areal gab es damals einen erstklassigen Turnierplatz, der die Ritter anzog, wie Motten das Licht. Es reichte, wenn Georg das wusste.

Kommt eigentlich selten vor, dass du Burgen in völlig falschen Regionen ansiedelst. Genau genommen ist das der erste Fall, riefen die Schmetterlingsgedanken, als sich das Verwirrspiel aufklärte.

Tja ihr Lieben, irren ist menschlich, sprach der Igel und stieg von der Klobürste. Maja zuckte fröhlich mit den Schultern.

Na, wenn es um Klobürsten oder das Stille Örtchen geht, kennst du dich aber um Längen besser aus, als alle anderen, lachten die Falter.

Auf einem Rastplatz in der Gegend um Villanders war kurze Toilettenpause angesagt gewesen. Maja warf, im Gegensatz zu allen anderen, 50 Cent auf den Teller und wurde prompt an der ganzen Schlange vorbei auf die Behindertentoilette gelotst.

Es ist wie so oft im Leben, erklärte sie den erstaunten Gedankenfaltern, *man kann kostenlose Leistungen nach einer gewissen Wartezeit erhalten, oder aber sich die Deluxevariante zukaufen. Bei der Post hieße das Expressversand. Sobald wir Italien verlassen haben, müssen alle wieder bezahlen und stehen dann trotzdem Schlange.*

Ich halte lieber mein Gesicht noch ein paar Minuten länger in die schöne warme Sonne. Wer weiß, welches Wetter uns zu Hause erwartet?!

Von Villanders nach Innsbruck waren es, wenn alles gut liefe, rund zwei Stunden. Dann musste man noch die Ausstiegspunkte zurechnen, wo die ersten Passagiere den Bus verließen.

Kurz vor dem Brennerpass fiel Maja eine große Krähe auf, die auf einem der Bäume saß und den

Bus ein Stück begleitete, wie es die Möwe am Gardasee getan hatte. Maja war neugierig, was geschehen werde, tauchte der Bus in die Tunnelröhre ein.

Das tat er auch, war aber plötzlich verschwunden. Maja stand auf dem Waldweg an jenem See, wo sie mit Sigmund zusammengetroffen war. Auf einem Baumwipfel hockte die Krähe und krächzte, was wie fröhliches Lachen klang.

„Du bist schon da! Wie wundervoll!"

Maja kreiselte herum. Zwischen den Bäumen trat Nico hervor, ganz im Stil des 21. Jahrhunderts gekleidet.

„Du hast mir gefehlt", erklärte er, ihr die Arme entgegenstreckend, in die Maja mit einem Jubelschrei hinein flog.

Die Gedankenfalter stoben davon, um bloß keine Dummheiten zu begehen.

Nico schien alle Zeit der Welt zu haben. Er hielt Majas Hand, während er mit ihr gemütlich plaudernd um den See spazierte, bis hinter ein paar Sträuchern ein Caravan auftauchte.

„Deiner?", fragte Maja erstaunt.

Sein Nicken kommentierte Nico mit: „Hin und wieder muss auch ich meiner Welt entfliehen, und Ruhe suchen. Das geht am besten, wenn ich umherziehen kann, und für niemanden sofort greifbar bin. Wo es mir gefällt, lasse ich mich für ein paar Tage nieder. Und ganz unter uns – als Liebesnest ist er allemal geeignet."

„Solange du dir nicht zu viele Hühner hinein holst und dir keines davon ein ganz faules Ei legt", seufzte Maja.

„Keine Lust, die Qualitäten des Nests zu testen?", blinzelte er, ohne auf ihre Worte einzugehen.

„Aber ja doch!" Maja verschwand mit ihm im Inneren des komfortablen Fahrzeugs.

Er zog sie auf den Schoß und begann die Knöpfe ihres Shirts zu öffnen. Seine Lippen huschten über ihren Hals, dann zog er es ihr aus, um tiefer zu gleiten.

„Ich möchte dich öfter haben", flüsterte er.

Diesmal blieb Maja eine Antwort schuldig. Was hätte sie auch sagen sollen? Es gab einfach zu viele Faktoren, die zusammenkommen mussten, um ein Zeitfenster zu öffnen. Sie werde die wenige Zeit, die ihnen gegeben war, ganz bestimmt in vollen Zügen genießen.

Die Kleidung landete irgendwo neben dem Bett, die Wärme seiner Hände breitete sich wohltuend auf ihrem ganzen Körper aus und Maja vergaß die ganze Welt um sich herum.
„Schließe einfach die Augen und fühle", wisperte Nico, was Maja auch mit allen Sinnen tat. Der Gleichklang der Bewegungen war so vertraut,

dass sie vieles dafür gegeben hätte, ihn wirklich öfter spüren zu können.

In diesem Augenblick flüsterte Nico: „Bleib heute Nacht bei mir", und Maja hätte die ganze Welt umarmen mögen.

Die sonst so ungezügelte Gier aufeinander milderte er mit den Worten: „Wir haben Zeit und die Nacht ist lang."

Mit einem Lächeln kuschelte sich Maja an seinen heißen Körper.

Du weißt aber schon, dass du nur heute seine Favoritin bist, wisperte es an ihrem Ohr.

Wem sagst du das? Lieber ein paar Stunden glücklich sein, als niemals.

Maja hauchte Nico einen Kuss auf die Nasenspitze. Dann kochten sie gemeinsam Kaffee und setzten sich vor dem Caravan ans Wasser, in dem sich die umliegenden, noch leicht vom Schnee überzuckerten Bergspitzen spiegelten.

„Irgendwann mache ich meine Ankündigung wahr und nehme die Berge einfach mit", murmelte Maja. „So ähnlich wie: Liebling, ich habe die Berge geschrumpft."

„Mir fallen sie schon manchmal gar nicht mehr als etwas Besonderes auf", gab Nico zu.

„Na, du lebst ja auch hier. Denke ich." Maja versuchte, in seinen Augen zu lesen. Es war wie verhext, sie konnte einfach nicht herausbekommen, wohin Nico wirklich gehörte. Dass jemand unstet die Zeiten wechselte und nirgends heimisch war, konnte es eigentlich nicht geben.

Lass es, mahnte der Schwalbenschwanz, *dann verlierst du ihn vielleicht für immer.*

Ich weiß manchmal nicht, wie ich reagieren soll, gab Maja zurück. *Frage ich, stört es ihn als Neugier. Frage ich nicht, scheint es Desinteresse zu sein.*

Die Kurve musst du selber kriegen.

Recht schönen Dank!

„Woran denkst du?", fragte Nico in diesem Moment.

„Daran, dass du mir gleich morgen wieder fehlen wirst", erklärte Maja wahrheitsgemäß.

„Wir sehen uns doch bald wieder."

„Versprochen?"

„Versprochen!"

Die Ruhe am See übertrug sich auch auf Maja. Sie sprachen und lachten über ganz alltägliche Dinge. Schauten in einen grandiosen Sonnenuntergang, der die Berge in eine Explosion aus Farben hüllte, und zogen sich schließlich in den Wohnwagen zurück.

Nicos Fingerspitzen huschten über ihren Körper, verweilten an manchen Stellen etwas länger, um dann rasch weiterzuwandern. Hin und wieder hielt Maja seine Hand fest, um das süße Beben etwas länger spüren zu können.

„Lust auf Spielzeug?", fragte Nico und Maja lachte leise. „Aber ja, wir werden sicher Spaß damit haben."

Es störte ja auch keinen, wenn es etwas lauter zuging. Bestenfalls die Sterne hätten einen roten Kopf, oder in ihrem Fall wohl einen roten Schimmer, bekommen, als die beiden die halbe Nacht mit sehr erfüllendem Sex verbrachten. Um die Tageswende schlief Maja in Nicos Armen ein.

Das wilde Krächzen sich streitender Krähen weckte Maja, im gleichen Moment piepte auch noch ihr Handywecker. Erschreckt schlug sie die Augen auf und erstarrte. Verunsichert schaute sie sich um. Das sah nicht nach dem Schlafplatz in Nicos Wohnwagen aus! Es dauerte eine ganze Weile, bis sie begriff, im Bett ihres Zimmers in Innsbruck zu liegen und es höchste Zeit zum Aufstehen war, weil sich ein sehr guter Freund erboten hatte, sie nach Seefeld zur Haltestelle des FlixBus' zu bringen.

Irgendwie passte an diesem Morgen gar nichts zusammen – weder die Zeit, zu welcher der Freund sie abholen wollte, zur Abfahrtszeit des Busses noch die Kleidung zum eiskalten Morgen in Seefeld. Maja saß noch fast zwei Stunden allein auf einer Bank, trug Stoffschuhe und eine dünne Jacke, und das alles bei acht Grad Celsius und unangenehmem Wind.

Als Maja schon fast steif vor Kälte war, kam endlich der Bus, mit einem gut gelaunten Fahrer. Augenblicke später grinste Maja innerlich, obwohl die gute Laune des netten Herrn auf eine harte Probe gestellt wurde. Wobei die Geduld und Leidensfähigkeit der Passagiere auch ziemlich hart in den Test einbezogen wurden. Na ja, es passte, wie Maja schon festgestellt hatte, gar nichts an diesem Morgen.

Der halbe Bus, unten, als auch die Etage oben, war mit den Damen eines Junggesellinnenab- schieds bevölkert, den sie in Österreich gefeiert hatten und von dem sie nun nach Garmisch-Par- tenkirchen zurückkehrten. Das Chaos an Tüten, Kisten und Taschen wäre ja noch ganz lustig und erträglich gewesen, wenn nicht mehrere der Damen permanent um die Wette gespuckt hätten, was die Mägen hergaben!

Immer wenn eine gerade aufhörte, hatten Geräusch und Geruch die Nächste animiert, von vorn zu beginnen. Und auf jedem kurvenreichen Abschnitt der Straße wanderte der Mageninhalt durch das Schaukeln des Busses wieder nach oben.

Wenigstens hatten die Damen genügend Tüten und Tücher dabei, um die Polster nicht zu verun- reinigen. Und als das eigene Material alle war, musste der Fahrer mit einer Rolle Müllsäcke aushelfen, was ja auch in seinem Interesse lag.

Wenn einer Maja fragen würde, wie die Fahrt Richtung München gewesen war, konnte sie mit bestem Gewissen sagen: Echt zum Kotzen! Wobei sie selber von dem ganzen Tohuwabohu ziemlich unberührt blieb und eher die witzige Seite des Ganzen betrachtete. Es gehörte erheblich mehr dazu, ihr die Laune wirklich zu verderben.

Die Gedankenschmetterlinge hatten sich in ihre Tasche verzogen, um bloß nichts von dem ganzen Trubel hören oder sehen zu müssen. Sie wagten sich erst wieder hervor, als die verhinderten Schnapsleichen ausgestiegen waren und sich zombieartig über mehrere Autos verteilen, mit denen die Reise weitergehen sollte. Maja wollte lieber gar nicht wissen, wie sie da zurande kommen würden, wenn die Strecke recht holprig wäre.

Toller Tag, stöhnte der Schwalbenschwanz.

Hör auf, zu jammern, es gibt immer noch eine Steigerung, lachte Maja.

Bloß nicht! Der ganze Schwarm flog entsetzt auf.

Maja sollte recht behalten. Im Bus, der sie nach Hause bringen sollte, war die Toilette defekt, am Umsteigepunkt Nürnberg sagte der Fahrer: „Fünf Minuten Pause", und keiner traute sich, zur Toilette zu gehen. Es waren aber 15 Minuten gewesen.

An einem kleinen Rastplatz irgendwo in der Nähe von Zwickau hielt der Bus noch einmal und der Fahrer sagte: „Fünf Minuten Pause". Wieder traute sich keiner, auf das Stille Örtchen und wieder waren es 15 Minuten gewesen.

Offensichtlich war das der einzige Satz mit der einzigen Zahl, die der Fahrer auf Deutsch sagen konnte.

Du hältst durch? Der Distelfalter machte große Augen.

Maja grinste. *Muss ich ja wohl. Ich lenke mich jetzt ab und zähle Rehe.*

Im Ernst? Und das hilft, fragte der Schmetterling und bekam große Augen, als Maja aus dem Fenster zeigte und aller paar Kilometer neue Zahlen bekannt gab: *Zwei, acht, drei, vier, zwei.*

Schade, eins fehlt noch, meinte der Distelfalter enttäuscht und spähte erfolglos nach dem zwanzigsten Reh aus.

Ach, das hat bestimmt hinter einem Baum gestanden und sich kaputtgelacht, weil wir es nicht gesehen haben, meinte Maja grinsend und der Distelfalter nickte eifrig.

Schaut mal, da vorn kommt gerade ein Taxi, das wir uns jetzt gleich greifen werden. Zu Hause gibt es nämlich eine funktionierende Toilette. Zumindest ging sie noch, als ich weggefahren bin, schränkte Maja ein, in der Hoffnung, dass der merkwürdige Tag nicht ein noch merkwürdigeres Ende finde.

Der Rotbart ist schuld!

„Sie programmiert schon wieder das Navi!" Der Warnruf des Schwalbenschwanzes traf die Gedankenschmetterlinge völlig unvorbereitet und schreckt sie auf.

„Meine Güte! Entspannt euch! Ich will doch bloß zum Schriftstellertreffen!" Maja zog ein genervtes Gesicht. „Zudem ist es praktisch gleich um die Ecke."

„Wo genau?", fragte der Schwalbenschwanz vorsichtig.

„Bei Nossen. Ich will schlicht und ergreifend zum Kloster Altzella."

„Den Bau soll Kaiser Friedrich I. Barbarossa erlaubt haben", ließ sich Schwalbenschwanz vernehmen. „1162 hat er die Erlaubnis dem Meißner Markgrafen, Otto dem Reichen, gegeben."

„Und mit Otto habe ich nichts zu schaffen", antwortete Maja schnell.

„Aber mit Barbarossa", hörte sie es von mehreren Faltern flüstern.

„An dem kommt man ja auch nicht vorbei, wenn es um das Mittelalter geht", lachte sie. „Er war zu mächtig, um seine Finger nicht überall im Spiel gehabt zu haben. Genau so gut könnte ich im Einkaufstempel in eine Umkleidekabine gehen und bei Nico im Sonstwo landen!"

„Tust du aber nicht!", rief ein Zitronenfalter. „Das passiert immer nur, wenn du irgendwohin fährst, um dir etwas Geografisches oder Geschichtliches anzuschauen."

„Ach was! Ich bin doch auch im Zoo verschwunden."

„Jetzt wird sie spitzfindig!", jammerte der Trauermantel. „Das war der Alpenzoo und der ist doch geografisch, auf die Alpen bezogen, angelegt!"

„Ehe ihr lange herumlamentiert, drückt mir lieber die Daumen, dass Petrus mitspielt. Die App verheißt nichts Gutes." Maja schloss den kleinen Rucksack und zog sich eine wetterfeste Jacke an.

Der Verkehr auf der Autobahn hielt sich trotz der LKW in Grenzen. Maja staunte nur, wie schon so oft, über die Mittelspurschleicher, die hin und wieder auch die dritte Spur in gleicher Weise blockierten. Da zuckelte einer mit 160 auf der Dritten, obwohl die beide anderen Spuren frei waren, und Maja knirschte schließlich mit den Zähnen. „Das Gaspedal ist rechts!"

Vielleicht schien er diesen Hinweis gebraucht zu haben, um es zu suchen. Auf jeden Fall zog er, statt nach ganz rechts, zumindest erst einmal in die mittlere Spur und zuckelte weiter.

„Andere hätten ihm sicher am Kofferraum geschnüffelt", bemerkte der Zitronenfalter.

Maja zuckte mit den Schultern. „Ich bin nicht andere und er hat es ja auch so gemerkt, dass er unerwünscht war. Jetzt noch mal richtig in die Kurve legen und dann kommt auch schon die Abfahrt."

„Naaaaa, kennst du den Autohof?", stichelte ein Bläuling.

„Aber sicher", grinste Maja. „Nur sehe ich ihn lieber von weitem."

Nach ein paar Kilometern erreichte sie die Klostergärtnerei und fuhren auf das weitläufige Gelände, wo auch der Parkplatz zu finden ist. Wenige Minuten danach trafen auch die anderen ein.

Maja fotografierte sofort einige Details des Eingangs, als ahne sie, dass der Wettergott diesmal wirklich schlechte Laune habe und seinen Tränen freien Lauf lassen werde.

Kurz darauf begann es auch wirklich zu nieseln, sodass die Führerin beschloss, ihnen zuerst die Innenräume des Klosters zu zeigen. Also stiegen sie eine Treppe hinauf, um sich einen kurzen Film über Wohl und Wehe des geschichtsträchtigen Ortes anzuschauen.

Es ist doch nur noch ein Bruchteil übrig, von dem, was einmal das Kloster ausmachte, rief der Schwalbenschwanz entsetzt.

Da hast du leider recht, wisperte Maja. *Nun bin ich noch neugieriger auf das, was wir dann sehen werden.*

Weil es noch immer regnete, führte der nächste Weg ins ehemalige Konversenhaus. Heute beherbergt der Speisesaal der Laienbrüder ein umfangreiches Lapidarium von gut erhaltenen Steinmetzarbeiten der vergangenen Jahrhunderte. Maja ging von Steinrosette zu Steinrosette, von Säule zu Säule und fotografierte die wundervollen Stücke. Dabei spitzte sie eifrig die Ohren, um den Worten der Führerin zu lauschen.

In der oberen Etage war früher das Dormitorium, also der Schlafsaal, gewesen. Anfang des 16. Jahrhunderts war dieser Saal in eine Bibliothek umgebaut worden, weil es immer weniger Mönche gab. Im gleichen Jahrhundert war das Kloster aber auch ganz aufgelöst worden, wie Maja erfuhr. Dann diente dieses Gebäude als Kornspeicher und Kuhstall.

Na ja, wenigstens ist es so erhalten geblieben, murmelte der Distelfalter, der inzwischen begriffen hatte, dass alles das, was im Mittelalter für die Ewigkeit gebaut worden war, mitunter schneller durch Menschenhand zerstört wurde, als man bis drei zählen konnte.

Maja erfreute sich daran, dass man es wenigstens geschafft hatte, die verschiedenen Baustile durch die Jahrhunderte optisch gefällig zu kombinieren.

Das war eben noch solides Handwerk, seufzte sie.

Schau mal, da vorn ist noch eines der ursprünglichen Fenster, rief der Schwalbenschwanz, nachdem sie die erste Etage über eine breite steinerne Wendeltreppe erreicht hatten.

Wer weiß, ob es wirklich ursprünglich ist, erwiderte Maja. *In diesen Bauten bin ich so was von hin und her gerissen, dass ich nicht einmal ganz sicher sagen kann, ob die Trauer über unwiederbringlich Vergangenes oder die Freude über das wenige Erhaltene überwiegt. Es ist ein geradezu unwirkliches Gefühl.*

Weil der Regen soeben eine Pause einlegte, beschloss man, die Außenanlagen zu besuchen, und begann mit jener Stelle, an der dunkle Schiefermarkierungen an die einst so stolze Stiftskirche erinnern. Sie soll im 12. Jahrhundert der größte mittelalterliche Backsteinbau nördlich der Alpen gewesen sein. Unter dem Staffelchor im Osten der Kirche waren einst 22 Wettiner beigesetzt.

Diesmal war sich Maja mehr als nur klar, welche Gefühle sie bewegten – es war abgrundtiefe Erschütterung. Außer, dass die Ruine der Kirche in den Zeiten der Reformation nicht mehr als ein Steinbruch war, konnte sie hier nichts herausfinden. Vermutlich würde der wahre Grund, weshalb dieses imposante Bauwerk abgerissen worden war, für immer ein Rätsel bleiben. Es sei denn, irgendjemand fände irgendwann in irgendwelchen alten Handschriften einen Hinweis auf das Geschehen.

Was hast du? Der Distelfalter trippelte auf Majas Schulter herum und versuchte, mit seinen Fühlern tröstend ihre Wange zu berühren.

Es ist mir, als höre ich Choräle, die aus dem Nichts zu mir herüberklängen. Maja wandte sich tief bedrückt von den dunklen Schieferplatten ab, um mit der Gruppe das Mausoleum zu besichtigen, in welches man nach den Grabungen von 1786 die aufgefundenen Gebeine überführt hatte.

Beim Anblick der im Siebenjährigen Krieg mutwillig zerstörten Grabplatten musste Maja an das alte Ägypten denken, wo man ebenfalls oft versucht hatte, durch Zerstören der Gesichter oder das Herausmeißeln ganzer Figuren, das Andenken an diese Person zu löschen.

Willst du wirklich in die Gruft hinuntersteigen? Die Gedankenfalter erstarrten fast, als Maja die schmale Treppe ansteuerte. Die Furcht, sie könne bei ihren derzeitigen Gedankengängen wieder bei Psammetich, und damit Anlamani, landen, war groß. Womöglich hätte der Plan des riesigen nubischen Wächters diesmal mehr Erfolg, sie im Palastgarten zu ertränken.

Majas Antwort an die Schmetterlingsgedanken bestand nur daraus, dass sie die schmalen Stufen besonders vorsichtig betrat, um nicht abzurutschen. Dann tauchte sie auch schon in den muffigen, feuchten Geruch der Grabstätte ein.

Ich weiß nicht genau, was mich mit euch verbindet, aber es muss etwas Außergewöhnliches sein, dachte sie, als sie die kleinen Särge aus Sandstein betrachtete, die man wohl eher Ossarien nennen sollte, in welchen die Gebeine ruhten.

Die Gedankenfalter atmeten erst auf, als Maja die Gruft wieder verließ. Dann verharrte sie einen Moment vor dem Ausschnitt aus dem Dresdener Fürstenzug, der jene Männer zeigte, die hier begraben lagen, und ein leises Lächeln stahl sich in ihr Gesicht.

Was hast du, fragte der Schwalbenschwanz erstaunt.

Die Querverbindung zur Wartburg, die euch mehr Kopfzerbrechen machen sollte.

Du meinst sicher Friedrich II., den man auch den Ernsthaften, oder den Mageren nennt!

Maja nickte. *Richtig! Da haben wir auch wieder ein winziges Detail, das zum Münzreichen passt. Friedrich ließ nämlich in seiner Freiberger Münze in großen Mengen Meißner Groschen schlagen. Die hatte er Ende der 1330 Jahre in seiner Markgrafschaft Meißen und seiner Landgrafschaft Thüringen eingeführt.*

Der Schwalbenschwanz schien zu überlegen. *Er soll 1349 im Alter von nur 39 Jahren gestorben sein.*

Exakt. Er starb übrigens auf der Wartburg, auch wenn er hier begraben liegt. Maja konnte sich den Nachsatz nicht verkneifen.

Aber das 14. Jahrhundert ist nicht deine Zeit, konterte der Schwalbenschwanz, um Maja zu foppen.

Das 13. Jahrhundert auch nicht und doch habe ich mit Admiral Oberto Doria wundervolle Stunden verbracht, wisperte Maja.

Trotz der Unterhaltung mit den Faltern lauschte sie den Erklärungen der Führerin, bestaunte die Blutbuche im Park und lichtete die Gebetsäule ab, die auf einem künstlich geschaffenen Hügel von überall her zu sehen ist und von ihrem Platz aus den Blick auf das Mausoleum im klassizistischen Stil lenkt.

Maja hatte zwar das helle Gebäude erspäht, im gleichen Moment aber auch die geheimnisvoll anmutenden Ruinenreste der alten Abtei.

Was hat sie denn plötzlich, murmelte das Tagpfauenauge, weil Maja der Gruppe weit vorauseilte, um ganz in Ruhe zu fotografieren und die augenblickliche Stille an der Ruine zu genießen.

Könnt ihr euch vorstellen, welchen Blick man hier vom Fürstenzimmer aus gehabt haben muss? Sie schloss die Augen, um die Bilder in ihrem Kopf wirken zu lassen. *Oder wie es ausgesehen haben muss, als dieser*

Altar hier beim Gottesdienst erstrahlte. Sie ließ die Hand über die regenfeuchten Reste gleiten. *Und hier müssen das Infirmarium und die Apotheke gewesen sein!* Sie tauchte in einen winzigen finsteren Raum zu einem noch dunkleren Gang ein, an dessen anderem Ende ein Ausgang zu sein schien.

Das Geräusch eines zerbrechenden Tongefäßes hinter ihr ließ sie herumkreiseln.

„Bruder Fabian, hatte ich Euch nicht gesagt, Ihr müsst vorsichtiger sein!", hörte sie jemanden sagen und zuckte zusammen.

Wahrscheinlich hatte sich soeben wieder eines jener Zeitfenster geöffnet. Denn neben einem schweren Tisch am Fenster stand ein edel mittelalterlich gekleideter Herr, der einen Mönch mit tadelndem Blick bedachte.

Fabian?!

Es gibt viele, die so heißen, vernahm sie deutlich die beruhigende Stimme des Distelfalters. *Auch wenn der andere Fabian zur Kräuterkammer passen würde.*

Die Männer hatten Maja noch nicht bemerkt, die im Dunkel des Ganges stehengeblieben war. Erst als der Mönch die Scherben hinaustragen wollte, wurde sie entdeckt.

„Ah, mein Lieber, Ihr seid schon da!", wandte sich der edle Herr an Maja, die ihre Lieblingsjeans trug, und deshalb jedem hier als Mann erscheinen musste, um bekümmert fortzufahren: „Ich wollte

Euch ein besonderes Geschenk zukommen lassen, das nun leider gerade die Flucht durch die Fußbodenritzen angetreten hat. Dieser ungeschickte Tölpel hat mir die ganze Überraschung verdorben!"

Er machte sich bereit, dem zurückkommenden Mönch noch einmal die Leviten zu lesen, als Maja seinen Arm nahm. „Genug der Schelte! Die bringt den Inhalt des Kruges auch nicht mehr zurück."

„Ihr habt Glück, Bruder Fabian!", rief der Edelmann, Maja aus dem Gebäude führend. Dann beugte er sich noch einmal zum Fenster hinein. „Verderbt meine Arznei nicht auch noch, sonst lasse ich Euch aus dem Kloster werfen!"

Majas Hirn lief wieder einmal auf Hochtouren, ohne eine Lösung zu finden. So versuchte sie, auf andere Art ganz nebenbei zu ergründen, mit wem sie es zu tun hatte, denn das auffallend schmale Gesicht war ihr völlig fremd. „Hat Euch die Medizin schon ein wenig Linderung gebracht?", fragte sie, als wisse sie über alles Bescheid.

„Nicht wie erhofft", seufzte er. „Es ist mir offensichtlich nicht bestimmt, Genuss am Essen zu haben. Selbst der Wein ist mir an manchen Tagen verleidet!"

Ich tippe auf Friedrich, den Mageren, überlegte Maja angestrengt. *Vielleicht habe ich ja durch den Besuch an seinem Sarg das Zeitfenster selbst aufgestoßen.*

Wusstest du, dass er neun Kinder hatte?

Maja musste sich bei der Frage des Schwalbenschwanzes das Grinsen verkneifen. Alle Zeitsprünge waren einzig dazu gedacht, ein paar heiße Stunden oder Tage zu erleben. In den Klöstern ging es nicht immer züchtig zu und es wäre ja auch nicht das erste Mal, dass Maja an genau solch einem Ort das erlebte, was man Mönchen und Nonnen absprach.

„Vielleicht bürdet Ihr Euch zu viel Last auf", überlegte Maja laut.

Er blieb stehen, sie erstaunt musternd. „Ihr seid der Einzige, der das bemerkt. Nur bleibt mir keine andere Wahl, als in politisch wirren Zeiten ständig von Ort zu Ort zu ziehen, um meine Interessen durchzusetzen und gleichzeitig das Volk auf meiner Seite zu halten."

„Mit den Groschen dürfte Euch das Letztere ganz trefflich gelungen sein", wagte Maja einen neuen Anlauf, um endlich Klarheit zu bekommen.

Es kam Leben in seine Augen. „Ihr habt davon gehört?"

Maja nickt lächelnd, endlich sicher, wirklich Markgraf Friedrich II. zu Meißen vor sich zu haben.

Er nahm ihre Hände, streichelte sie und fragte blinzelnd: „Womit ich Euch erfreuen könnte, nachdem mein Wunderelixier verschüttet wurde, sollten wir, so glaube ich, in meinen Gemächern herausfinden." Wie ein Greifvogel umherspähend zog er sie in den Eingang der Abtei, wo auch die Gästezimmer für gutbetuchte und erlauchte Herrschaften lagen. „Keine Sorge", flüsterte er ihr zu, „der Abt ist unterwegs und ich habe verlauten lassen, nicht gestört werden zu wollen."

Na, wenn das mal gut geht, murmelten die Gedankenfalter, in den Park fliegend, um von Ferne darüber zu wachen, dass sich niemand unbemerkt nähern konnte.

„Ich bewundere Euren Mut, Euch als Mann hier einzuschleichen", merkte Friedrich an, ihre Jeans genauer betrachtend.

Maja grinste vergnügt. „Mein Herr, Maximilian von Sebnitz hat schon ganz andere Schlachten geschlagen, als sich in ein Mönchskloster zu schmuggeln."

„Ihr seid und bleibt eine Wildkatze", flüsterte er, sie langsam und genüsslich entkleidend, wobei ihm das Wissen von Nico half, der sich diesmal

113

nicht anders offenbaren konnte, weil es die eigenartige Magie des Ortes verhinderte.

Sich selbst auch komplett auszuziehen, machte Friedrich keine Anstalten. Womöglich war der Abt ja schneller wieder zurück, als erwartet. Oder aber er wollte Maja den Anblick seines knochigen Körpers ersparen, weil sie die Einzige war, die das Tabuthema anzusprechen wagte. Dass man ihn den Mageren nannte, war ihm schon einige Zeit bekannt und er mochte diese Titulierung verständlicherweise nicht sonderlich.

Was ihm die Natur an zu wenig Fleisch auf den Rippen gegeben hatte, machte sie aber mit einer erstaunlichen Potenz wieder wett, wie Maja soeben erfreut feststellte. Friedrich ließ das Vorspiel wegfallen, um seine wilde Gier rasch stillen zu können. Dafür gab es dann ein ausgiebiges Nachspiel, das genau genommen nur eins von mehreren Zwischenspielen war. Denn er schien Sex auf Vorrat zu machen, wie Maja mit einem leisen Lächeln feststellte.

Immer wieder fand er Stellen, von denen er mit funkelnden Augen meinte, er habe sie heute noch nicht geküsst. Majas wohliges Seufzen schien das zu bestätigen, und nach dem nächsten wilden Akt ging er auf neue Suche, indem seine Lippen über ihre Haut wanderten. Am liebsten, so schien es, würde er Maja bei sich behalten.

„Ich reise morgen nach Bautzen weiter", verriet er ihr soeben. „Wann müsst Ihr wieder fort? Ach, kommt doch einfach mit! Ich werde schon einen Grund finden, Eure Anwesenheit plausibel zu erklären. "

Maja streichelte sein Gesicht. „Ich kann bleiben, bis man mich zurückruft", erwiderte sie diplomatisch, weil sie nicht wissen konnte, wie lange das Zeitfenster offenbliebe. „Vielleicht kann ich Euch sogar nach Bautzen begleiten, wenn nicht heute noch ein Bote erscheint."

Seine Hände glitten noch einmal über ihren Körper, verharrten zwischen ihren Schenkeln … da erklangen draußen Schritte.

Er blinzelte ihr verschwörerisch zu. „Zieht Euch an! Wir werden dem Weinkeller noch einen kleinen Besuch abstatten und auf unser Wiedersehen trinken!"

Maja gehorchte, um ein paar Minuten später mit ihm zu dem kühlen Kreuzgewölbe aus Bruchsteinen zu schlendern. Der Pulk der Gedankenfalter folgte ihr ungesehen und schlüpfte in ihre Jackentaschen, ehe es jemand bemerken konnte.

Ein Talglicht brannte neben dem quadratischen Pfeiler, der das Gewölbe trug, in dessen Schein ihnen ein Mönch eine Kanne Wein aus einem Fass schöpfte.

„Oh, keine Becher!", rief Friedrich, worauf Maja mit den Schultern zuckte.

„Hat uns das jemals gestört? Auf Euer Wohl, mein Herr!" Sie trank einen langen Schluck aus dem Krug, den sie an Friedrich weiterreichte, der dankte und in gleicher Weise auf ihr Wohl trank.

Eine halbe Stunde später, auf dem Weg nach draußen stellten sie fest, dass es finster wurde.

„Entweder bricht der Abend an oder es beginnt gleich, zu regnen", lachte Maja.

Friedrich nickte. „Eins von beiden wird's wohl sein. Beeilen wir uns, ehe wir nass werden."

Er nahm die letzten beiden flachen Stufen und verschwand im Freien. Maja folgte ihm rasch. Dabei stellte sie fest, dass er tatsächlich verschwunden war, genau wie die großen Bruchsteingebäude. Dafür näherte sich die Gruppe der Schriftsteller, welche die Ruinenreste nun ebenfalls bestaunte. Mit Regenschirm bewaffnet, weil es in der realen Welt tatsächlich wieder tröpfelte.

Maja wandte sich schmunzelnd an die Gedankenschmetterlinge. *Ja, ihr Lieben, und wieder ist der Rotbart schuld, weil er dieses Kloster genehmigt hat.*

Der Schwalbenschwanz begann zu lachen. *Dir wird es mal gehen, wie Teufels Großmutter. Die wurde mehrere tausend Jahre alt. Die haben sie nämlich erst erschlagen, als sie keine Ausrede mehr fand.*

Schade, dass der Weinkeller nicht mehr in Betrieb ist, grinste Maja. *Darauf hätte ich jetzt glatt mit euch getrunken.*

Wir könnten dir das Wasser aus dem Mühlbach anbieten …

Nee, lasst mal, die Brühe vom Himmel reicht schon! Maja schloss sich wieder der Gruppe an, um abschließend noch die Ruinen der Schüttgebäude neben dem Klostergarten zu besichtigen.

Der Ruf der Berge

Nico schien wirklich Liebe auf Vorrat gebunkert zu haben, denn er machte sich plötzlich auf Wochen und Monate rar und Maja verzweifelte fast vor Sehnsucht. Dafür Klang der Ruf der Berge von Tag zu Tag lockender. Maja gab ihm nur zu gerne nach, zumal sie hoffte, ein Zeitfenster zu finden, um ihren ungewöhnlichen Geliebten treffen zu können.

„Wohin geht es?" Die Gedankenfalter saßen auf ihren Schultern und Armen, um einen Blick auf die Reisepapiere zu erhaschen.

„In die Dolomiten", freute sich Maja und grinste breit, als die Falter große Augen bekamen, weil sie die gleiche Tour schon einmal gemacht hatte.

Der Distelfalter schwebte mit dem Schwalbenschwanz zum Tisch, wo die Wanderkarte ausgebreitet lag. „Du hast den Misurina-See markiert? Hoffst du, Sigmund noch einmal so dort zu treffen, als ob es ein Neuanfang sei?"

„Treffen ja, Neuanfang nein. Es ist gut so, wie es jetzt ist. Nur im Augenblick viel zu selten, um damit leben zu können." Maja schaute in die Ferne, seufzte, wandte sich wieder der Karte zu, um zu erklären: „Ich suche eine bestimmte Kette, die ich bisher nur dort gesehen habe. Die mit den winzigen Edelweißblüten und den Kristallen. Hab sie damals nur in Grün erwischt und hätte sie gern noch in anderen Farben. Seit zwei Jahren träume ich davon, sie noch in Blau zu besitzen. Es ist Modeschmuck. Aber für mich halt ganz besonderer wegen der Erinnerungen an den bewussten Tag mit Sigmund."

„Du bist eine Elster!", lachte der Schwalbenschwanz. „Nico überhäuft dich mit Schmuck und trotzdem findest du immer wieder Gründe, noch mehr zu kaufen."

„Dann bin ich wohl eher die Schwester von Teufels Großmutter", grinste Maja vergnügt.

Sie verstaute die Reisepapiere im Rucksack und bestellte für den nämlichen Tag ein Taxi, weil sie keine Ambitionen hatte, mit dem Linienbus zum Halteplatz zu fahren.

„Vornehm, vornehm!", kicherten die Schmetterlinge. „Das passt ganz standesgemäß zum Wanderurlaub. Kannst es glauben!"

Maja steckte ihnen die Zunge heraus und warf sehr gut gezielt noch einige Kleinigkeiten in Koffer und Rucksack. Die Falter zogen die Köpfe ein, denn sie verstanden die soeben demonstrierte Zielsicherheit auch als Warnung.

„Knappe Maximilian hat wahrlich nichts verlernt", wisperte der Schwalbenschwanz den anderen zu.

Maja schaute ihn mit undefinierbarem Lächeln an. „Hast du was gesagt?"

„Schöner Tag heute." Dem Falter gelang es, eine unbeteiligte Miene zu machen, worauf ihm Maja mit dem Finger drohte.

„Maximilian weiß immer, was er tut. Demzufolge nimmt er alle Wanderkarten mit, die er sich über das Zielgebiet rangerafft hat." Sie nahm einen ganzen Packen Faltpläne aus dem Schrank, um sie in den Koffer legen. „So, meine Lieben, von mir aus kann der Urlaub losgehen!"

Das tat er auch, zwar mit keinem Paukenschlag, aber mit einem Scherbenregen, weil Maja am Abreisemorgen ein Trinkglas fallen ließ. Mit einem amüsierten Grinsen kehrte sie zusammen, was sich an Bruchstücken finden ließ und meinte lakonisch: „Wenn Scherben wirklich Glück bringen, dann muss heute ein besonders wundervoller Tag werden." Sie fand nämlich nicht alle Splitter wieder und vertagte das Suchen einfach auf die Rückkehr am Urlaubsende.

„Lass am besten gleich Besen und Kehrblech in Reichweite", schlug ein Gedankenfalter vor.

Maja winkte ab. „Spätestens wenn es verräterisch glitzert oder gar unter den Sohlen der Hausschuhe knirscht, werde ich mich erinnern."

Sie schulterte ihren Rucksack, zog den Koffer aus der Wohnung, schloss ab und sah im selben

Moment das Taxi in ihre Straße einbiegen. „Absolut perfekt!"

Der Bus ließ auch nicht lange auf sich warten und Maja hatte diesmal in der dritten Reihe auf der linken Seite ihren Fensterplatz. Der Fahrer gab bekannt, dass auf dem allerersten Parkplatz auf der Autobahn Wechsel und ab da auch Bordservice sei. Und dort bekam man gleich einen kleinen Vorgeschmack darauf, wie eng es in den Serpentinenstraßen der Dolomiten werden konnte. Die Zufahrt war beidseitig von LKW so zugeparkt, dass zwischen deren und den Spiegeln des Busses nur wenige Millimeter, nicht einmal Zentimeter Platz waren bei der Passage.

Ich glaube, die Reise verspricht schon jetzt ordentlichen Nervenkitzel, ließ sich der Schwalbenschwanz vernehmen, während der Trauermantel starr vor Schreck auf seinem Platz hockte. *Wir haben diesmal auch noch gar keine Krähen gesehen!*

Maja deutete breit grinsend aus dem Fenster, wo ein Stückchen weiter vorn ein LKW der Firma Raben stand. *Ist der groß genug?*

Du bist albern, kicherte der Schwalbenschwanz.

Als sie wieder auf die Autobahn auffuhren, wurden sie dann noch von einer echten Saatkrähe beäugt und waren zufrieden. Besonders Maja, für die der einzelne Vogel nur ein Späher Nicos sein konnte.

Na hoffentlich verrennt sie sich nicht in irgendwas, murmelte der Schwalbenschwanz besorgt. *Wenn sich Nico so lange nicht gemeldet hat, will er sie womöglich gar nicht mehr sehen.*

Und dann? Der Distelfalter bewegte nervös die Fühler.

Die Frage habe ich mir schon oft gestellt. Der Schwalbenschwanz ließ traurig die Flügel hängen. *Zweifellos wird es ihr das Herz brechen. Sie spielt nur die Coole. Im Inneren ist sie wie ein Seismograf, der jede winzige Erschütterung spürt. Was glaubst du wohl, warum sie in solchen Zeiten jeden erreichbaren Ort noch einmal besucht, an dem sich ein Zeitfenster öffnen könnte? Hoffen wir einfach das Beste.*

Maja schien von der Unterhaltung der Schmetterlingsgedanken nichts mitzubekommen, denn sie hatte ihren Rätselblock vor sich liegen, um der eintönigen Landschaft jenseits der Autobahn zu entgehen. Interessant würde es für sie dann werden, wenn die ersten Bergspitzen der Alpen in der Ferne auftauchten.

Vor Plauen zeigte sie, ohne den Kopf zu heben, kurz aus dem Fenster, wo ein Reh stand. Auch wenn sie nach außen desinteressiert und abwesend wirkte, waren ihre Sinne in ständiger Bereitschaft und registrierten alles, was irgendwie sehenswert sein konnte. Schwalbenschwanz und Distelfalter schauten sich bedeutungsvoll an.

Am Rasthof Fränkische Schweiz, während der ersten Pause, erfreute sich Maja an den Teichrosen in verschiedenen Pinktönen und den Goldfischen, die allesamt sehnsüchtig auf Regen warteten, denn der Teich hatte von der langen Dürreperiode bereits einen sehr niedrigen Wasserstand.

Auf der Weiterfahrt, so versprach der Fahrer, der zugleich Besitzer des Busses und somit des Fuhrunternehmens war, eine DVD über den Gardasee einzulegen, um für ein bisschen Abwechslung zu sorgen. Als die ersten Bilder liefen, brandete allgemeines Gelächter auf, denn in der Hülle hatte der falsche Film gesteckt. Wobei die meisten auch nichts dagegen gehabt hätten, die portugiesische Algarve als neues Ziel anzufahren.

Als endlich der richtige Film lief, verdrehte nicht nur Maja die Augen, denn hinter ihr schmetterte eine Dame mit ganzer Inbrunst und aus voller Kehle „Drei kleine Italiener" mit.

Du hast ja Schnürschuhe an, trösteten die Schmetterlingsgedanken Maja, die froh war, als endlich der gesprochene Kommentar zum Film begann.

Hinter München verließ der Bus kurzzeitig die Autobahn, um einem Stau zu entgehen und noch einmal zu tanken. Der Fahrer hatte die ganze Zeit mit witzigen Sprüchen brilliert, an der winzigen Tankstelle trotz allem einen Platz an der Zapfsäule ergaunert und beruhigte die Besitzer, keinen ganz leeren Tank zu haben. Als dieser dann aber voll war, schaltete die Tankpistole mit einem lauten Ploppen ab und sprang selbsttätig aus dem Füllstutzen. Beim Absturz löste sie sich auch noch vom Schlauch.

Als der Bus rückwärts wieder auf die schmale Straße einfädelte, warf der Tankwart sofort mehrere Schaufeln Sand auf den ausgelaufenen Restdiesel, der sich noch im Schlauch befunden hatte.

„Da möchtsch wo ni gleisch wieder hierher gommen", bemerkte der Fahrer in gemütlichem Sächsisch, bis zur nächsten Autobahnauffahrt Landstraße fahrend.

Später ging es über Kufstein, Wattens, Innsbruck und die Europabrücke bis zum Rastplatz an selbiger. Diesmal erspähte Maja einen ihrer geliebten Kurbelautomaten und prägte sich aus einer fünf Cent Münze ein Stockschild mit der Ansicht der Brücke. In Kufstein war, für aus Richtung Österreich kommende LKW, eine Kontrollstelle eingerichtet worden und so hatte auf der anderen Richtungsspur der Autobahn ein kilometerlanger Stauwahnsinn getobt, als ob die normalen Lastwagenstaus nicht schon schlimm genug wären.

Der Reisegruppe selber war wohl Christophorus, der Schutzpatron der Reisenden, hold gewesen, sodass sie ohne große Probleme den Bren-

124

nerpass überwanden, die Schönheiten des Eisack-
tales genießen konnten und gegen 17 Uhr Villanders erreichten, nachdem die Burg Branzoll und
das Kloster Säben hinter ihnen lagen. Maja amüsierte sich köstlich über das erstaunte, teil sogar
entsetzte Gemurmel der Passagiere, die zum ersten Mal die zehn Kehren von Klausen nach Villanders hinauf fuhren, wobei sie auf rund 850
Meter über Meereshöhe gelangten.

Auf dem kleinen Parkplatz vor dem Hotel *Egger*
hielt der Bus, und das übliche Gewusel um Koffer und Zimmerschlüssel nahm seinen Lauf. Maja
ließ sich Zeit. Ihr Blick blieb immer wieder an der
Fassade hängen. Irgendetwas schien anders zu
sein, als beim letzten Besuch.

Nach einer überaus herzlichen Begrüßung
nahm sie ihren Schlüssel entgegen und strebte mit
einem vergnügten Lächeln jenem Zimmer entgegen, das sie schon einmal bewohnt und lieb
gewonnen hatte. Schräg gegenüber strahlte Säben
im Licht der Nachmittagssonne, Branzoll, weiter
unten, lag bereits im Schatten und wieder grübelte
Maja, was heute anders war, als damals.

Nach dem Abendbrot, als sie sich auf den Balkon setzte, fiel es ihr schlagartig ein – ein riesen-
großer Baum fehlte! Eine Tränenkiefer, auf der
Abend für Abend ein Amselhahn gesungen hatte.
Maja hatte den Vogel sogar mehrfach fotogra-

fiert, weil die langen hängenden Kiefernnadeln eine perfekte Kulisse mit Vorhang für den kleinen Sänger ergaben.

Sie spähte sogar über die Brüstung, um sich zu vergewissern. Und siehe da! In der Tiefe war die helle Stammscheibe über den Wurzeln zu erkennen, die einst den stolzen Baum getragen hatte.

„Na, hat sonst noch jemand so ein elefantöses Gedächtnis wie ich?", witzelte Maja, den nimmer endenden Verkehr auf der Brennerautobahn beobachtend, bis es schließlich Nacht wurde und nur noch die Scheinwerferlichter durch die Dunkelheit huschten.

Der fünfte Glockenschlag der benachbarten Kirche trieb Maja morgens mit einem Satz aus dem Bett, denn zu Hause bedeutete das, verschlafen zu haben.

„Entspann dich!", lachten die Gedankenfalter. „Du hast Urlaub."

„Einfacher gesagt, als getan", schmunzelte Maja auf den Balkon tretend. Sie betrachtete mit einem Lächeln den grün mit gelbem Zackenmuster gedeckten Turm der St. Stephans Kirche, dessen Glocken einen warmen, angenehmen Klang haben. Die Friedhofskapelle, gleich daneben, musste wohl irgendwann als Hauptkirche zu klein geworden sein und so hatte man die große Kirche gebaut, ohne die kleine abzutragen. Zweifellos auch eine Besonderheit.

Wie auch beim ersten Aufenthalt in Villanders besuchte Maja den Friedhof, der sicher ebenfalls einmalig auf der Welt ist, denn sie konnte sich nicht erinnern, jemals solch eine ungewöhnliche Anlage gesehen zu haben.

Im Gegensatz zu allen anderen Friedhöfen wenden sich hier die Grabkreuze vom Grab ab und den eintretenden Besuchern zu, obwohl die Toten mit dem Kopf nach Westen hin bestattet werden. Zudem sind es ohne Ausnahme schmiedeeiserne Kreuze auf den gleich großen Gräbern.

Etwas später sprach dann der einheimische Reiseleiter über die unterschiedlichen, für Gäste aus anderen europäischen Regionen merkwürdig anmutenden, Bestattungsarten in Südtirol, die stets dem geringen Platz an den Berghängen geschuldet waren. Dem größtenteils älteren Publikum lief ein gelinder Schauer über den Rücken, wie Maja am Gemurmel feststellte.

Leben und Tod gehören nun mal zusammen. Wir müssen alle irgendwann gehen. Wohl dem, der das erst in hohem Alter tut, wisperte sie und die Gedankenfalter stimmten zu. *Also werde ich in vollen Zügen die wundervollen Ausflüge, die in den nächsten Tagen anstehen, genießen und abends ein Viertel Rotwein trinken, als sei jeder Tag der Letzte.*

Der Schwalbenschwanz begann zu lachen. *So kann man es natürlich auch umschreiben, wenn man seinen Kummer wegspült, weil sich Nico rar macht.*

Maja zog ein amüsiertes Gesicht und zuckte mit den Schultern.

Auf alten Pfaden

Reiseleiter Heinz war in Klausen zugestiegen, um die Gruppe durch das Pustertal über Doblach, den Misurina-See und Cortina d'Ampezzo nach Bruneck zu begleiten, ihnen geschichtliche und geografische Daten zu erklären. Und weil jeder Reiseleiter seine Persönlichkeit einbringt und deshalb andere Prioritäten setzt, war für Maja zwar nicht neu, was sie sah, aber vieles, was sie diesmal darüber erfuhr.

Zudem konnte sie bei den Freizeitaufenthalten schneller agieren und andere Dinge betrachten, weil sie auf vorhandenem Wissen und Material aufbauen konnte.

Positiv für diesen Tag war schon allein die Tatsache, dass zwei Elstern spielerisch auf der Leitplanke vor der Mautstelle herumturnten und sich keinen Deut um den flutenden Verkehr scherten. Das konnte nur heißen, dass Maja, trotz angesagten Regens, bei jeder Etappe trocken davonkommen werde, bis sie wieder im Bus saß. Die Schmetterlingsgedanken wollten lieber nicht wetten. Die Chance, gegen Majas prophetische Vögel zu gewinnen, war äußerst gering.

Die Fahrt ging an Brixen vorbei, und am Kloster Neustift, das 1140 gegründet worden war, und in dem es heute noch 18 Chorherren geben soll.

Die Stadt selber sollte auf einer anderen Tour Ziel der Reise sein und so gab ihnen der Reiseleiter nur allgemeine Daten.

Maja wurde erst richtig hellhörig, als sie die alte Zollstelle Mühlbacher Klause (italienisch Chiusa di Rio di Pusteria) am Eingang des Pustertales passierten. Die neue, jetzt als Ruine erhaltene, Klause hatte nämlich 1460 Sigmund der Münzreiche, Erzherzog von Tirol errichten lassen. Die ältere Klause war 1269 erstmalig urkundlich erwähnt worden.

Die Zoll-Burg hatte in den vielen Jahrhunderten unzählige Scharmützel erlebt und war erst im 18. und 19. Jahrhundert stark beschädigt worden. Restauriert wurden die gut erhaltenen Mauerreste, als die viel befahrene Straße nach außerhalb der Klause verlegt worden war. Etwa ab 1978. In der heutigen Zeit werde sie als Kulisse für künstlerisch-kulturelle Aktivitäten genutzt, wie der Reiseleiter erklärte.

Fall nicht aus dem Bus, witzelte der Schwalbenschwanz, weil Maja dem hellen, fast weißen, Bauwerk hinterherschaute, bis wirklich nichts mehr zu erkennen war.

Hier scheint kein Portal zu sein, seufzte Maja. *Ich kann hier nicht einmal das Mittelalter fühlen, wie andernorts. Die Neuzeit scheint es komplett zu überlagern.*

Auch das Höhlensteintal, Val di Landro, das sie wenig später befuhren, berührte nur mit seiner landschaftlichen Schönheit eine Saite in Majas tiefstem Inneren. An den Ortsnamen bemerkte sie schnell, dass dieses Tal die Grenze zwischen dem deutsch- und dem ladinischsprachigen Raum darstellt. Auch war nicht zu übersehen, dass dieses Gebiet in vergangenen Kriegen immer wieder eine große Rolle gespielt hatte.

Der Misurina-See auf 1750 Metern Höhe empfing sie diesmal mit vorwiegend grauem, aber trockenem Wetter. Maja machte sich sofort auf die Suche nach ihrer Wunschkette, allerdings ohne fündig zu werden. Als echte Elster fand sie aber schnell ein neues Objekt ihrer Begierde, ein Halsband aus Seidensträngen verschiedener Blautöne an dem ein silbernes stilisiertes Herz mit einem blau kristallgeschmückten Edelweiß im Inneren hing.

Die Gedankenfalter schüttelten amüsiert die Köpfe.

Was??? Maja grinste vergnügt. *Das passt perfekt zu meinem Armband, das ich mir an der Raststätte auf der Autobahn gekauft habe. Bling, bling! Beides war nötig für mein Seelenheil. Was Seelchen braucht, muss Seelchen haben. Urlaub ist zum Verwöhnen da.*

Wie war das mit Teufels Großmutter? Die Schmetterlinge stoben lachend davon, um sich an den unzähligen Blumen am Fuß der Berge zu laben.

Da Maja nun was fürs Herz gefunden hatte, musste auch der Magen etwas bekommen und so kredenzte sie ihm ein leckeres Vanilleeis. Dann zückte sie ihre Kamera und tigerte am See herum, auf der Suche nach Fischen oder anderem Wassergetier, wo auch Wildenten und Blässhühner ihre Bahnen zogen.

Im ufernahen Bewuchs erspähte sie tatsächlich mehrere Schwärme verschieden großer Fische, deren auffälligste Vertreter etwa fünf bis sieben Zentimeter groß und blau mit roten Flecken waren. Wie sie später erfuhr, hatte sie junge Seesaiblinge entdeckt. Nun war auch ihre brennendste Frage zum See beantwortet, nämlich die, ob es tatsächlich Fische darin gäbe. Im Internet recherchieren, ist das eine, selber sehen, das andere. Und Maja bevorzugte nun mal die Variante, sich mit eigenen Augen von etwas zu überzeugen.

Der nur fünf Meter tiefe See erwärmte sich im Sommer sicher genau so schnell, wie er im Winter gefror. So hatten 1956 auf ihm die Eisschnelllaufwettbewerbe der Olympischen Winterspiele stattgefunden.

Maja warf noch einen Blick auf die Drei Zinnen, über denen sich das Grau langsam dunkler färbte, ehe sie zum Bus zurückging. Sekunden später begann es, zu regnen. Eine Untermalung der Worte des Reiseleiters, der die Gruppe immer wieder auf die Bergrutsche und dadurch entstandenen Schäden von 2016 hinwies.

Da hast du ja mehr als Glück gehabt, alles noch vor dem Unwetter gesehen zu haben, riefen die Gedankenfalter.

Maja nickte stumm. Erst am Vortag hatten die Nachrichtensender über schwere Unwetter mit Hagelschlag in einem anderen Teil Südtirols berichtet, und dass einige Winzer sogar 100 Prozent Ernteausfall befürchten mussten. Im Angesicht der Gesteinsmassen, die hier überall zu Tal gegangen waren, hatte die Meldung einen beinahe greifbaren Stellenwert.

Die wundervollen blühenden Pflanzen auf den Gebirgswiesen und an den Straßenrändern, wie die Feuerlilien, Türkenbundlilien und Alpenastern schafften es, die Gedanken wieder auf die Schönheiten der Berge zu lenken. Dann zogen sich auf dem Weg nach Cortina d'Ampezzo auch die Regenwolken langsam wieder zurück, die Sonne kam heraus und einem kurzen Aufenthalt stand nichts mehr im Wege.

Umgeben von mehreren Dreitausender Gipfeln, ist die Stadt das größte besiedelte Zentrum der Ladiner in den Dolomiten. Die bewegte und verworrene Geschichte dieses Landstriches und seiner Bewohner kannte Maja vom letzten Besuch. Sie hatte sich in dessen Folge etwas näher damit befasst und sah einige Dinge nun mit anderen Augen, als der unbedarfte Urlauber, der sich nur erholen wollte.

Diesmal begab sie sich auf den Weg zur nahen Pfarrkirche, Parrocchia S.S. Filippo e Giacomo, im Zentrum der Stadt, wo sie zufällig auf den einheimischen Reiseleiter traf, der dasselbe Ziel gehabt hatte und ihr nun mehr über die Kirche erzählte.

Zur rechten Zeit am rechten Ort, würde ich sagen, flüsterte der Schwalbenschwanz und Maja nickte begeistert.

Auch hier stand der rund 70 Meter hohe Turm isoliert, wie es Maja schon in mehreren italienischen Gemeinden gesehen hatte. Er war erst Mitte des 19. Jahrhunderts aus Dolomitblöcken errichtet worden. Maja konnte sich lebhaft vorstellen, welch grandiose Sicht man bei gutem Wetter von da oben auf die umliegenden Bergmassive hatte.

Das Innere der Kirche beeindruckte Maja mit seinen Decken- und Chorfresken aus dem Jahr 1774. Die Orgel über dem Haupteingang stammt von 1777 und Maja wunderte sich nicht, dass

Papst Benedikt XVI 2011 die Kirche zur Basilica Minore erklärt hatte.

Gleich neben der Kirche war ein Informationsstand der Alpini, der italienischen Gebirgsjäger, aufgebaut, an dem diverse Informationsbroschüren auslagen. Maja nahm sich eine über die vielen Rettungs- und Hilfsaktionen der Einheiten bei Erdbeben und anderen Naturkatastrophen mit.

Der Reiseleiter erzählte, dass sich Cortina d'Ampezzo wieder für die Ausrichtung Olympischer Winterspiele beworben habe. Vielleicht brachte das ja den Glanz vergangener Zeiten zurück, der in den letzten Jahren immer matter geworden war. Maja drückte der Stadt ganz fest die Daumen. Gemeinsam mit dem Reiseleiter schlenderten sie zum Bus zurück, der, als alle wieder an Bord waren, nach Bruneck aufbrach.

Diesmal hielten sie an komplett anderer Stelle, als beim letzten Besuch, wo der Rückweg zum Bus noch einfacher zu finden war. 1256, als Bruneck erstmals urkundlich erwähnt wurde, musste sich noch keiner Gedanken darüber machen, einen geparkten Autobus wiederzufinden.

Über eine Straßenkreuzung mit drei auffälligen großen Petuniensäulen, die in unterschiedlicher Farbgebung bepflanzt waren, gelangten sie zur Ursulinenkirche, die aus einer kleinen Kapelle von 1411 entstanden war, und liefen gemeinsam zum westlichen Stadttor, dem Ursulinentor. Maja fotografierte auch diesmal wieder Fassaden und Details, so auch jenes Haus, wo der berühmte Schnitzer Michael Pacher im 15. Jahrhundert gewohnt hatte. Die wundervollen alten Fassadenmalereien gaben der schmalen Stadtgasse einen besonderen Reiz.

Die Stadt Bruneck war vom Brixner Fürstbischof Bruno von Kirchberg gegründet worden. Sie ist erstaunlicherweise die einzige Stadt in Südtirol, die nach ihrem Gründer benannt wurde. Bruno hatte auch den Bau der Burg in Auftrag gegeben, die auf Italienisch Castello di Brunico heißt und auf ihrem Hügel die Stadt überragt.

Seit 1250 war die Burg immer wieder erweitert, umgebaut und neuen Zwecken zugeführt worden, bis in ihr schließlich Reinhold Messner im Juli 2011 sein Messner Mountain Museum Bergvölker eröffnete.

Hat der nicht auch auf Sigmundskron so ein Museum, fragte der Schwalbenschwanz.

Hat er, erwiderte Maja, *und noch woanders. Außer Firmian noch Juval, Monte Rite, Ortkes, Plan de Corones.*

Ist es das, was dich davon abhält, das Bauwerk zu besuchen? Die Gedankenfalter schauten zum Schloss Bruneck hinauf, an dessen Fuß sie soeben standen.

Möglich.

Maja wäre im Normalfall mit schnellen Schritten bis ans Tor gewandert, um wenigstens Bilder zu machen. Hier reagierte sie fast gar nicht, auf die zum Greifen nahe Burganlage, was die Schmetterlingsgedanken dann doch etwas irritierte.

Ich schaue mir lieber noch mal die Pfarrkirche an, erklärte Maja, zielstrebig losmarschierend. *Die stammt in ihrer jetzigen Form zwar aus dem 19. Jahrhundert, reizt mich aber erheblich mehr.*

Die Gedankenfalter folgten ihr rasch. *Wusstest du, dass das die Südtiroler Kirche ist, die am häufigsten um- und aufgebaut wurde?*

Maja schüttelte den Kopf. *Mir war nur bekannt, dass sie ihren Ursprung im 13. Jahrhundert hat und wegen eines Brandes im 19. Jahrhundert große Wiederaufbauarbeiten vonnöten waren. Mich spricht sie wegen ihrer beiden Türme an. Die haben das gewisse Etwas. Und der helle Marmor der Wände mit den Goldverzierungen sieht wirklich edel aus. Ihr wisst ja, dass man mich mit wirklicher Baukunst hinterm Ofen vor locken kann.*

Maja fotografierte noch einige Details, schaute auf die Uhr und beschloss, ganz langsam den Rückweg anzutreten. Der Bus stand in der Nähe der Bibliothek und die Falter konnten es nicht lassen, Maja zu fragen, was sie von diesem Bau hielt.

Sie blinzelte vergnügt. *Ich finde es schon mal Klasse, dass es eine große Bibliothek gibt. Dass die Fassade super-modern eckig ist und hellgrün mit Löchern wie ein Schweizer Käse, sieht ganz witzig aus. Aber deshalb gefällt sie mir noch lange nicht. Ich wüsste aber auch nicht, was sonst hierher gepasst hätte. Manchmal muss man einfach Kontraste setzen. Sie wurde übrigens 2013 in dieser Form eröffnet.*

Die Falter schauten Maja verblüfft an. *Warum beginnst du nicht, über die Vorderfront zu erzählen?*

Weil die Rückseite das ist, was ich zuerst gesehen habe und mir als besonders ungewöhnlich im Gedächtnis geblieben ist. Fragt mich einer, dann ist sie für mich als grüner Löcherkäse abgespeichert, den ich jederzeit seinem Standort zuordnen kann. Eine große gläserne Vorderfront, die von Säulen getragen wird, haben viele Gebäude auf dieser Welt.

Auch wieder wahr, murmelte der Schwalbenschwanz.

Aus der Gestaltung des nächsten Tages machte der Busfahrer ein Geheimnis, bis man Branzoll passiert hatte. Da gab er bekannt, dass er wegen des kleinen Defektes an der Heizung des erst ein Jahr alten Busses in die Werkstatt müsse und nicht sagen könne, wie lange das dauern werde. Also zog man den individuellen Besuch der Villanderer Alm vor, obwohl die Wetter-App und der Regenradar von 11 bis 16 Uhr ein ziemlich feuchtes Vergnügen ankündigten.

Maja zuckte mit den Schultern, packte Rucksacknässeschutz, Regenjacke, Regenschirm ein und stellte die wasserdichten Trekkingschuhe bereit. Es gab zum Wandern kein schlechtes Wetter, höchstens unzweckmäßige Bekleidung.

Auf der Hausalm von Villanders

Weil diesmal die Fahrt zur Villanderer Alm mitten in der Woche stattfand, kamen ihnen auch permanent größere Fahrzeuge entgegen, und der einheimische Fahrer jonglierte den kleinen Bus perfekt durch jede Ausweichmöglichkeit.

Hier war die Stelle, wo es damals ziemlich haarig wurde, weil es um jeden Millimeter ging, raunte Maja plötzlich den Gedankenfaltern zu. *Das möchte ich wahrlich nicht noch mal erleben.*

Hier gibt es ja tatsächlich keine Möglichkeit, sich wirklich aus dem Weg zu gehen, rief ein Bläuling, nachdem er intensiv auf beiden Seiten aus dem Fenster gespäht hatte. *Wie mag es damals gewesen sein, als es hier noch Bergbau gab?*

Maja blinzelte. *Zumindest gab es im Mittelalter weder Busse noch Traktoren, die schon allein mehr als die halbe Straßenbreite brauchten. Später gab es dann sicher auch Gegenverkehr, denn der Abbau von Erzen wurde erst Anfang des 20. Jahrhunderts aufgegeben. Stellt euch das vor allem auf unbefestigten Wegen und ohne Leitplanken vor.*

Maja hätte gern das Schaubergwerk besucht, nur passte das nicht in den heutigen Plan. Sie erinnerte sich an das, was sie zwei Jahre zuvor über das einst so bedeutende Bergbaugebiet gelesen hatte. Auf einem Höhenunterschied von 750

Metern wurden Silber, Bleiglanz, Kupfer, Eisenkies, Zinkblende und Schwefelkies abgebaut und das mit Hand, oft auf dem Rücken liegend.

Doch ist das immer nur die halbe Wahrheit, wenn es um Bergbau unter Tage geht. Es mussten Tunnel und Schächte für die Bewetterung, die Entwässerung und natürlich den Abtransport der Bodenschätze in den Berg getrieben werden.

Alt werden konnte bei dieser Plackerei keiner. Mit spätestens 40 Jahren waren die Bergknappen *weg vom Fenster*. Eine Redewendung, die im deutschen Sprachraum gerade im Zusammenhang mit dem Bergbau entstanden war, weil die an einer Staublunge erkrankten Bergknappen am offenen Fenster sitzen mussten, um überhaupt atmen zu können. Starben sie, dann waren sie buchstäblich *weg vom Fenster*.

Wenn du hier eine Kurve nicht kriegst, bist du auch weg vom Fenster, murmelte der Trauermantel.

Maja grinste. *Da hätten wir dann schon zwei Sprichwörter in verdammt gut passender Kombination.*

Sie erreichten in diesem Moment den kleinen Park- und Buswendeplatz vor der Gasser Hütte, entrichteten ihren Fahrpreis und schwärmten aus, um die Alm zu erkunden. Maja wandte sich dem Weg zu, der durch das kleine Moorgebiet zur Rinderplatzhütte führte. Sie freute sich darauf, den Berner Sennenhund wiederzusehen. Vor allem wollte sie Meter machen, bevor der Regen einsetzen sollte.

„Es heißt, hier gäbe es 11.800 Jahre alte Torfschichten", erklärte Maja laut, weil ihnen niemand folgte, „und seltene Pflanzen logischerweise auch. Ob nun genau in dem Gebiet, das wir durchstreifen, oder an anderer Stelle, das weiß ich nicht. Da müsste man eine geführte Tour mit einem Einheimischen machen, der sich wirklich auskennt. Auf alle Fälle fotografiere ich wieder alles, was außergewöhnlich aussieht oder was ich nicht namentlich kenne. Wenigstens so lange, bis die Regenwolken die Alm erreicht haben." Sie zeigte gegen die Windrichtung, wo sich der Himmel langsam bleigrau färbte und die Bergformationen auf der anderen Talseite Stück für Stück im Dunst verschwanden.

„Übrigens haben sich die Gemeinden Villanders und Ritten 500 Jahre lang um die Weiderechte hier gestritten. Da ging es heftiger zur Sache, als zwischen Villarriba und Villabajo. Sogar Oswald von Wolkenstein, der Minnesänger, hat mitgemischt und ist für die Villanderer eingetreten. Erst 1822 ist Ruhe eingekehrt, als der Streit endlich beigelegt wurde."

„Na, Oswald hatte ja auch einen Grund", lachte der Schwalbenschwanz. „War Eckhard von Villanders nicht sein Großvater? Vielleicht gab es noch was zu holen?"

Maja stimmte in das Gelächter ein. „Das ist natürlich auch ein Argument. Oswald hatte es eh faustdick hinter den Ohren.

Oh, schaut mal, da vorn ist schon die Hütte!"

Maja betrat durch die kleine Tür im Zaun das Areal.

„Darf man das?", zweifelten die Falter.

„Ja klar! Dafür ist sie ja da." Maja strebte dem Haus entgegen.

„Ich habe mich auf den Hund gefreut", sagte sie mit fragendem Unterton, als sie ihren Cappuccino bestellte, worauf die Wirtin rief: „Cleo, du hast Besuch!"

„Schön, dich wiederzusehen", strahlte Maja, als die Berner Sennenhündin erschien und sich streicheln ließ. „Da haben wir doch schon das erste Glanzlicht des Tages auf rund 1700 Metern Höhe."

Natürlich durchwanderte Maja auch noch einmal den Märchenwald neben der Hütte, um Rapunzel, den Froschkönig und deren Freunde zu besuchen. Ein Paradies aus gesägten Figuren, nicht nur für Kinder, für die es hier natürlich auch einen großen Erlebnisspielplatz gibt.

„Ich gehe die kurze Tour zur Mair in Plun Hütte und vielleicht noch ein Stückchen darüber hinaus", gab Maja bekannt. „Das schaffe ich bei Schlendertempo, noch bevor es nass wird. Ich möchte schauen, ob ich wieder Kaulquappen im Bach entdecke."

Da war es zehn Uhr dreißig und die Regenwolken kamen unaufhaltbar näher.

Auf halber Strecke blieb Maja herzhaft lachend stehen. „Schaut mal da! Die Leute haben Humor. Ein *Gutschein für ein Mal Scheißen im Wald* am Baum und darunter ein Nachttopf. Vor zwei Jahren habe ich hier an gleicher Stelle einen großen Blechtopf mit Klobrille in Käseoptik fotografiert. Vielleicht ist es ja die bissige Reaktion darauf, dass sich Leute hier ins Gebüsch hocken, statt die Toilette in einer Almhütte aufzusuchen."

Maja fotografierte den Gutschein samt Nachttopf und zog weiter. An der Mair in Plun Hütte betrachtete sie eingehend den Himmel, checkte die Windrichtung, schaute auf die Uhr und beschloss, gleich die Tiere im Streichelgehege zu fotografieren, noch ein Paarhundert Meter bis zu den Kaulquappen zu wandern und, bevor der große Regen niedergehen sollte, zur Hütte zurückzukehren, um Mittag zu essen, und abzuwarten, wie sich das Wetter weiterentwickeln werde.

Nachdem sie das Eselchen, die Ziegen, Kaninchen und Meerschweinchen abgelichtet hatte, suchte sie rasch noch den Bachabschnitt auf, wo sie zwei Jahre zuvor Kaulquappen entdeckt hatte. Sie wurde tatsächlich wieder fündig. Allerdings schienen die grauen Wolken etwas dagegen zu haben, dass sie sich länger hier aufhielt, denn es begann zu tröpfeln.

„Superpünktlich", kicherte Maja. „Fünf Minuten vor Termin. Punkt elf Uhr wird es garantiert wie aus Eimern gießen."

Sie packte ihre Kamera ein und kehrte um, wobei sie die letzten Meter im beginnenden Regen zurücklegte. Die Gedankenfalter waren bereits in den Rucksack geflüchtet, als der Wind auffrischte, um nicht davon geweht zu werden.

Punktlandung, witzelte Maja, in die Schankstube tretend, wo noch ein paar Plätze frei waren, während es wirklich heftig zu regnen anfing. Schwieriger gestaltete es sich, Essen auszuwählen. Am liebsten hätte Maja die Speisekarte von oben nach unten durchprobiert. Am Ende schwankte sie zwischen Forelle und Speckknödeln. Dann siegten die Knödel, denn Forelle konnte sie auch jederzeit woanders essen, Südtiroler Speckknödel nicht.

Während ihr Essen zubereitet wurde, schaute sie sich in der gemütlichen Hütte um, die bereits seit 200 Jahren in Familienbesitz bewirtschaftet wurde. Auf geradem Weg vom Parkplatz sind nur wenige Minuten bis hierher zu gehen. So ist es kein Wunder, dass hier auch Musikabende und Feiern stattfinden.

Eine fantastische Wahl, wisperte Maja, als sie ihr Essen bekam und den ersten Happen gekostet hatte.

Zwar regnete es noch immer, als sie aufgegessen hatte, und sie hatte auch noch überreichlich Zeit, sich am Bus einzufinden, aber sie wanderte trotzdem schon Richtung Parkplatz, um auch noch in der Gasser Hütte einzukehren, wo sie gedachte, ganz in Ruhe ihren Nachmittagscappuccino zu trinken.

Die gleiche Idee schienen viele gehabt zu haben, denn die Hütte war brechend voll. Das wäre ja noch erträglich gewesen, wenn sich die einzige Bedienung nicht im Sekundentakt mit Kondensstreifen durch den Raum bewegt hätte. Das Rennen und Hasten raubte Maja irgendwann die Ruhe. Sie schüttelte schließlich genau so missbilligend den Kopf, wie die meisten anderen Gäste. Ein Wunder, dass die Kellnerin nicht über die eigenen Füße stolperte, wenn sie im Laufschritt durch die Gegend eilte.

Sogar die Gedankenfalter wagten es, aus dem Rucksack zu schauen, um die Ursache des allgemeinen Gemurmels zu ergründen. *Entweder ist sie hyperaktiv oder hat in drei Tagen einen Herzinfarkt,* merkte der Schwalbenschwanz an, lieber wieder in den ruhigen Rucksack kriechend.

In den anderen Hütten ging es doch auch mit Ruhe zu. Wenn es eine halbe Stunde dauerte, ehe das Essen kam, dann dauerte es eben so lange. Man war ja als Gast zur Erholung hier und nicht, weil man einen neuen Geschwindigkeitsrekord aufstellen wollte.

Maja zahlte schließlich und wartete lieber unter dem Vordach auf den Bus, wo es erheblich gemütlicher zuging, weil niemand wie wild durch die Gegend stürzte.

Wie gut die Entscheidung gewesen war, mittags die Knödel zu essen, merkte sie beim Abendbrot. Da gab es nämlich Fisch und sie hätte sich ehrlichen Herzens geärgert, eine falsche Wahl getroffen zu haben. Der Distelfalter blinzelte ihr lustig zu, als sie mit behaglichem Lächeln ihren Teller betrachtete.

Fantastisch! Was für ein affengeiler Tag! Und um ihn endgültig zu krönen, setzte sich Maja abends noch an die Bar, um ein Viertel Rotwein zu trinken.

Singende Spatzen und anderes „Geflügel"

„Wetter gut, Laune bestens, Tourenplan fantastisch", meldete Maja am nächsten Morgen.

„Wo geht es hin?", bohrten die Schmetterlingsgedanken.

„Nach Brixen, zur Seiser Alm und nach Kastelruth", gab Maja bekannt. „Es wird ein gigantisch guter Tag werden."

„Wer sagt das?", fragte der Distelfalter überrascht.

Maja trat auf den Balkon und zeigte wortlos zum Kirchturm, den ein ganzer Schwarm Krähen mehrfach umkreiste, ehe er auf Futtersuche flog. „Eine geballte Ladung guter Wünsche", lachte sie, ihren Rucksack greifend, um zum Bus zu gehen. „Außerdem habe ich gerade ein Taubenschwänzchen an den Geranien fotografiert. Es wird also ein Tag des Geflügels werden."

Na warte, das zahlen wir dir heim, protestierten die Falter. *Von wegen Geflügel!*

Habt ihr Schmetterlinge Flügel oder habt ihr keine, stichelte Maja nun erst recht.

Mach so weiter und wir schicken dir eine Wespe auf den Hals, murrte der Schwalbenschwanz. *Die hat auch welche.*

Richtig, grinste Maja. *Damit zählt sie auch unter Geflügel. Ich kreiere jetzt den Begriff Raubgeflügel, damit ich sie besser zuordnen kann.*

Die Falter schauten so baff, dass Maja Mühe hatte, nicht in schallendes Lachen auszubrechen.

Ob sich das wieder gibt, fragte der Distelfalter ganz vorsichtig den Schwalbenschwanz, der wirklich nicht wusste, ob er lachen oder weinen sollte.

Inzwischen hatte der Bus die zehn Kehren nach Klausen überwunden, den einheimischen Reiseleiter an Bord genommen und die Straße nach Brixen eingeschlagen.

Die älteste Stadt Südtirols empfing ihre Gäste mit strahlendem Sonnenschein und der erste Weg führte wieder in den Hofgarten, der einst Herrengarten hieß, und von da zur Hofburg der Fürstbischöfe, wo Maja sich noch einmal das Jahrhunderte alte Tor in alle Einzelheiten anschaute.

Das nenne ich solide Handwerkskunst, wisperte sie. *Da fällt nichts nach Ablauf irgendeiner Garantie von allein auseinander.*

Der nächste Weg führte sie zum Dom, der die Titel Kathedrale und Basilica minor trägt. Zum Dombezirk gehören aber auch die Frauenkirche, die Johanneskapelle und natürlich der Domkreuzgang.

Eine dreischiffige Doppelchorkirche aus ottonischer Zeit soll der ursprüngliche Bau gewesen sein, der immer wieder um- und ausgebaut wurde, bis das heutige wundervolle Gotteshaus entstand. Einige der herrlichen Altäre wurden im 18. Jahrhundert von Steinmetz Franz Faber aus Telfs gefertigt.

Hier drin ist jeder Stein echt und der Serpentin stammt aus sogar unserem Erzgebirge, flüsterte Maja den Faltern zu, kurz bevor es der Reiseleiter ebenfalls erwähnte.

Er erzählte auch, dass Benedikt XVI hier gewesen sei. Aber auch schon, bevor er Papst wurde. Denn er habe hier in Brixen Urlaub gemacht.

Seht ihr, das liebe ich an geführten Ausflügen. Da erfährt man immer mehr, als ein Individualtourist, der sein eigenes Süppchen kocht. Maja folgte der Gruppe in den Kreuzgang, der noch ganz im Zeichen des Mittelalters steht.

Unter jenem Deckengemälde, das einen Elefanten darstellen soll, aber eher ein Pferdifant ist, erklärte der Führer die Entstehungsgeschichte. Genau über ihnen, im Zentrum einer Rosette, hingen dunkle Schatten, die piepsende Geräusche von sich gaben.

„Das sind Schwalben", meinte der Reiseleiter.

Maja zog ein zweifelndes Gesicht. Schwalben ohne das typische Nest? Sie zoomte den Ausschnitt mit der Kamera auf und musste schmunzeln. „Das sind drei Fledermäuse!"

„Ach! Könnte stimmen!", rief der Führer. „Ich habe mich schon gewundert, dass der Kot hier auf dem Boden so komisch aussieht!"

„Schwalben sind drei Bögen weiter vorn." Maja deutete auf das Schlammnest, in welchem sich die Jungtiere ganz still verhielten, um nicht von Feinden entdeckt zu werden. Dann drehte sie den Gedankenfaltern, die sich aus Angst vor den Fledermäusen in ihre Tasche verzogen hatten, eine lange Nase und wisperte: *Geflügel, überall Geflügel!*

Schade, dass dich keines von denen getroffen hat, grummelte der Schwalbenschwanz gut geschauspielert, denn er musste sich ein amüsiertes Grinsen verkneifen, weil Maja das begonnene Spiel konsequent durchzog.

Ihr wisst doch, ein Vogelklecks bringt Glück. Mein Rucksack ist in Bruneck vor der Kirche geadelt worden.

Und was ist mit Fledermäusen?

Maja hatte Mühe, nach außen ernst zu wirken, als sie sagte: *Da muss es hundert Mal so viel Glück sein, weil es extrem selten vorkommt, dass man von denen angekackt wird.*

Au weia, stöhnte der Distelfalter. *Das kann heute noch heiter werden.*

Nach dem Dom besuchte die Gruppe noch die großen Lauben, die älteste Einkaufsmeile der Stadt, wo schon im Mittelalter Handwerker ihre Erzeugnisse feilboten, dann war individuelle Freizeit angesagt. Maja frönte dem *Fassadengucken* und Fotografieren. Sie besuchte den Weißen Turm der Pfarrkirche zum Heiligen Michael, die Frauenkirche, den Lebensbrunnen auf dem Domplatz und holte sich schließlich noch ein leckeres Vanille-Eis, ehe sie mit allen gemeinsam zurück zum Bus ging.

An der Trostburg vorbei führte der Weg, den sie zur Seiser Alm nahmen. Maja wurde daran erinnert, dass 66 deutsche Kaiser und Könige durch das Eisacktal gezogen waren. Einige, um sich vom Papst in Rom das Haupt salben und sich krönen zu lassen. Wie es wegetechnisch ausgesehen hatte, durfte Maja erleben, als sie mit Ritter Georg zu Pferd hier entlang getrabt war. Da war es heutzutage doch purer Luxus mit asphaltierten Straßen und Schutznetzen gegen Steinschläge.

Auch gegen Wegelagerei war man im 13. Jahrhundert nicht gefeit. 1290 wurden die Herren von Velthurns als Straßenräuber gebrandmarkt und ihre Burg ging an den Grafen von Tirol, der sie später an die Herren von Villanders und Wolkenstein verpfändete, um sie schließlich endgültig zu verkaufen. So blieb sie rund 600 Jahre Stammsitz derer von Wolkenstein, einem der bedeutendsten Tiroler Adelsgeschlechter.

Jetzt beherbergt die wundervolle Burg ein Burgenmuseum mit der Dauerausstellung *Burgen - Bauwerke der Geschichte*, die einen interessanten Einblick in das Werden und Wachsen der Südtiroler Burgen gibt.

Maja grübelte noch ein wenig über die gekrönten Häupter nach, die hier durchgezogen waren, und blieb wieder einmal bei Barbarossa hängen. Wo mochte der wohl genächtigt haben? Es gab sicher hier schon ein altes Adelsnest, bevor man die stolze Burg zu dem machte, was sie heute ist. In römischer Zeit nannte man die Ortschaft Waidbruck, unterhalb der Burg, jedenfalls Sublavio …

Huch! Schon da? Maja erschrak regelrecht, als der Bus an der Talstation der Umlaufbahn zur Seiser Alm hielt. Der Reiseleiter ging die Gruppenkarten kaufen und teilte sie noch im Bus aus, damit sich kein Fremdling untermischen konnte, wie es wohl hin und wieder hier vorkam. Die Zeit der Abfahrt wurde bekanntgegeben und jeder tigerte nach Gutdünken zur Gondel oder erst mal eine Etage tiefer auf das WC.

Maja machte das Letztere und amüsierte sich wieder köstlich, weil einige das Prinzip der supermodernen Waschbeckenarmaturen nicht verstanden – in der Mitte automatisch Wasser aus dem Hahn, links und rechts vom Hahn automatisch ein Luftstrom für jeweils die linke und rechte Hand. Sie hatte sich zwar nicht erinnert, dass das hier so war, aber mit etwas logischem Denken musste man im Bruchteil einer Sekunde darauf kommen. Die ungewöhnliche Form der Armatur war selbsterklärend.

Als sie eine der Umlaufgondeln enterte, stellte sie mit Bedauern fest, dass wohl die Kunststoffscheiben bei allen Gondeln restlos zerkratzt waren, und sich kaum brauchbare Fotos von der Landschaft machen ließen. So zog auch die Ruine der Burg Oswald von Wolkensteins wieder einmal vorbei, ohne dass Maja sie in ganzer Schönheit von oben aufnehmen konnte. Fest stand, dass das auch auf dem Rückweg nicht anders sein werde. Das hinderte Maja aber nicht daran, die bald 20 Minuten lange Fahrt zu genießen.

An der Bergstation steckten die Gedankenschmetterlinge die Köpfe aus dem Rucksack. *Wo willst du diesmal hin?*

Weiß ich noch nicht, flüsterte Maja. *Es ist weniger Zeit, als beim letzten Besuch. Ich möchte mich auch nicht abhetzen, nur weil ich zur Ritsch-Schwaige will. Ich wandere ein Stück durch die wundervollen blühenden Wiesen, dann schaue ich auf die Uhr und entscheide das Weitere.*

Den Faltern war es recht, konnten sie doch im strahlenden Sonnenschein von Blüte zu Blüte fliegen, ohne aufzufallen.

Maja fotografierte Pflanzen und Felsen und dachte an die Worte des Reiseleiters, dass es hier oben auch Wölfe gab. Wenige Wochen vor ihrem Besuch war sogar einer gemächlich durch eine Wohnsiedlung spaziert und dabei abgelichtet worden. Das Bild konnte man im Internet bestaunen. Wirklich scheu sah das Tier auf den Fotos nicht aus. In einer späteren Meldung hatte es geheißen, dass ein ganzes Rudel mindestens 14 Schafe auf der Alm gerissen habe. Und wie überall gab es zwei Lager: Jene, die den Wolf am liebsten tot sahen und die, die ihn schützen wollten.

Und was sagst du dazu, fragten die Schmetterlinge.

Maja seufzte. *Es ist immer verdammt schwer, wenn man selbst nicht betroffen ist. Die Bauern leben von ihrem Vieh. Ich kann sie verstehen. Das heißt aber nicht, dass ich mich zum Lager der Wolfsgegner zähle. Es muss irgendein Weg gefunden werden, dass sich Wölfe und Viehhaltung nicht ausschließen. Und das ist die Krux. Keiner hat auch nur den leisesten Schimmer, wie man das, auch finanziell verträglich, hinbekommen soll.*

Begegnen möchte ich jedenfalls keinem beim Wandern, auch wenn ich keins der Sieben Geißlein bin. Ich hätte definitiv Schiss vor den Graupelzen. In dicht besiedelten Gebieten gibt es mit Sicherheit auch gar keine Chance für ein friedliches Zusammenleben mit dem Wolf. Da sind unschöne Kollisionen einfach vorprogrammiert. Man sieht es ja zu Hause, da gibt es auch ständig Ärger.

Maja hatte inzwischen die Straße erreicht, schaute auf die Uhr und meinte: *Ich suche mir eine Schwaige in der Nähe der Bergstation, um noch ein bisschen in der Sonne zu sitzen, Eis zu essen und einfach noch ein Stündchen die Seele baumeln zu lassen.*

Das ideale Objekt für Majas Begierde fand sich auf halber Strecke in der Tschon Schwaige. Sie hatte in allerletzter Sekunde das Schild *Eis* erspäht und sofort ihre Schritte die steile Auffahrt hinauf gelenkt, sonst wäre sie glatt vorbeigewandert.

Das war knapp, lachten die Schmetterlingsgedanken.

Maja grinste vergnügt. Sie wäre wirklich fast vorbei flaniert, ohne zu bemerken, dass es eine Jausenstation war. Vor allem saß es sich hier angenehmer, als in den Cafés ein Paarhundert Meter weiter vorn, wo alle auf einem Haufen hockten.

Nun begrüßte sie mir einem heiteren Lächeln die Kühe im offenen Stall, suchte sich ein gemütliches Plätzchen und bestellte sich einen Espresso mit einer Kugel Vanilleeis darin, einem Berg Schlagsahne darauf und einer Waffel.

Wehe, ihr zählt die Eisbecher mit, die ich täglich kon-sumiere, lachte sie, als der Distelfalter den Schwalbenschwanz anstieß: *Nummer zwei.*

Wenn du so weitermachst, musst du der Hexe auch bald ein Stöckchen hinhalten, witzelte der Schwalbenschwanz.

Maja steckte ihm wegen dieser Anspielung auf Hänsel und Gretel die Zunge heraus. *Bist doch bloß neidisch, weil du mit Eis nichts anfangen kannst.*

Das ist leider wahr, aber so sorglos habe ich dich am liebsten. Er breitete seine großen Flügel wohlig in der Sonne aus.

Nach einer Stunde wanderte Maja zur Bergstation, um pünktlich am Bus zu erscheinen, der die Gruppe als letzten Tagespunkt nach Kastelruth bringen sollte.

Am Ortseingang waren die Silhouetten der Kastelruther Spatzen aufgestellt und Maja ritt gleich wieder der Teufel. *Seht ihr? Noch mehr Geflügel. Das sind übrigens die einzigen Spatzen, die das Schwänzchen vorn haben.*

Der Schwalbenschwanz verdrehte die Augen. *Wer da keine Ornithophobie bekommt, ist selber schuld.*

Maja grinste breit. *Hast du die nicht sowieso? Oder warum verschwindest du immer in der Tasche, wenn ein Vogel auftaucht?*

Punkt für Maja, lachte der Distelfalter.

Dabei war auch er äußerst vorsichtig, als der kurze Rundgang durch den Ort begann. Tauben lauerten fast überall auf Beute.

Armes Vieh, flüsterten die Falter beim Anblick des Wandbildes an der Burgauner Bäckerei, auf dem ein Drache mit der Lanze erstochen wurde. *Kein Wunder, dass die ausgestorben sind. Damals gab es ja noch keine Tierschützer.*

Ein ganz ähnlicher Gedanke hatte sich Maja aufgedrängt. Irgendwie passte das zu den Wölfen. Die waren auch in vielen Landstrichen ausgestorben, weil man sie mit ganzem Hass verfolgte. Und nun, wo sie wieder da waren, ging das Spiel von vorne los.

Der muss eher mit einem Krokodil verwandt sein, denn Flügel hat er nicht, wisperte sie zurück.

Oh, der Hexenkeller! Aber die sind nicht ausgestorben, wie wir aus eigenem Erleben wissen, lachten die Falter, Maja einmal umkreisend und dann rasch davonflatternd.

Punkt für euch, rief sie hinterher.

Am Kastelruther Spatzen Souvenirladen & Museum krochen die Schmetterlinge vorsichtshalber in den Rucksack zurück.

Maja warf noch einen letzten Blick zum Kirchturm hinüber, der auch hier von der Kirche getrennt stand. Der alte Turm mit seinen acht Glocken, so erklärte der Reiseleiter, war Mitte des

18. Jahrhunderts einem Brand zum Opfer gefallen.

Auf der Rückfahrt nach Villanders erzählte er auch noch, was es mit den blauen Schürzen auf sich hatte, welche die Männer hier trugen und die es, oft mit lustigen Sprüchen versehen, an jeder Ecke zu kaufen gab. Sie waren Tradition und überaus praktisch, in mehrfacher Hinsicht, weil man mit der Art, wie sie getragen wurden, auch noch Botschaften übermitteln konnte.

Maja seufzte, sie wartete noch immer vergebens auf irgendein Zeichen.

Pünktlich zum Abendbrot kehrten sie ins Hotel zurück.

„Ich dachte heute ein paar Mal, du verschwindest einfach wieder", gab der Schwalbenschwanz zu, als Maja nach dem Essen ins Zimmer zurückkehrte.

Sie zuckte traurig mit den Schultern. Denn sie stand kurz davor, aufzugeben, nach einem Schlupfloch in der Zeit zu suchen. Vielleicht hatte sich Nico ja wirklich abgewandt, weil es ihm auf Dauer zu anstrengend wurde.

„Er braucht womöglich eine Auszeit", sprach der Trauermantel.

„Über Monate, ohne sich zu erklären? Na schönen Dank auch." Majas Laune war mit einem Schlag im Keller.

Damit war zumindest auch für diesen Abend ein plausibler Grund gefunden, ein Viertel Wein zu trinken.

Zitronen & Zypressen

Für den nächsten Tag hatte Maja eine ärmellose Bluse bereitgelegt, weiße Sneakers und ihre Lieblingstasche aus festem Stoff.

„Sieht nicht nach Bergwanderung aus", rätselten die Schmetterlingsgedanken.

„War nicht die Rede vom Gardasee", brachte der Distelfalter ins Gedächtnis. „Dort sollen über 30°C sein."

„Schon wieder Gardasee?! Fährt sie wirklich mit? Ich glaub 's ja nicht!", rief der Schwalbenschwanz.

Und sie tut es doch, wisperte der Distelfalter, als Maja zum Treffpunkt auf dem Parkplatz lief.

Ehe der Fahrer kam, begannen die Glocken der benachbarten Kirche zum Sonntagsgottesdienst zu läuten und Maja lauschte erfreut dem Klang jeder einzelnen, die sonst ja nicht zu hören waren. Der richtige Start in einen, hoffentlich, genau so fantastischen Tag.

Dann setzte sie sich auch auf ihren angestammten Platz im Bus, obwohl nur die halbe Gruppe die Gardaseefahrt antrat. Andere, die sonst zusammen gesessen hatten, setzten sich hingegen weit auseinander, worauf sie permanent quer durch den Bus röhrten, um sich trotzdem unterhalten zu können.

Bleibt Maja ruhig, oder explodiert sie, fragte der Distelfalter die anderen Schmetterlingsgedanken.

Ein Bläuling schaute kurz auf und erwiderte im Brustton der Überzeugung. *Sie bleibt ruhig.*

Er sollte recht behalten. Maja blieb auch ruhig, als der Busfahrer die Musik so laut machte, dass sie regelrecht in den Ohren dröhnte. Vielleicht wollte er ja auf diese Weise das Geplärre kompensieren. Maja selber hatte Notizblock und Kamera auf dem Schoß liegen, um sich ausschließlich auf das zu konzentrieren, was außerhalb des Busses geschah.

Der See war ja nicht gerade *um die Ecke* und so gab es wieder reichlich zu schauen. Bozen, die Salurner Klause, Tramin, Trient, das Castel Beseno flogen vorbei, ehe man in Mori eine halbstündige Pause einlegte.

Kontraproduktiv, seufzte Maja. *Ich würde ja auch gern wieder einkaufen, habe aber keine Lust, alles in brütender Hitze den ganzen Tag im Bus zu lassen. Als letzter Tagespunkt wäre mir das lieber gewesen. Aber sonntags haben die logischerweise nicht bis sonst wann geöffnet.*

So dachten wohl auch die anderen, denn kaum jemand nahm das Angebot an.

Du hast so seltsam geschaut, als Tramin in der Ferne auftauchte, wandte sich einer der Falter an Maja.

Sie lächelte. *Ich habe überlegt, ob es für mich sinnvoll wäre, irgendwann eine Rundfahrt zu verschiedenen Wein-*

gütern zu machen. In der Art: heute hier, morgen da.
Dann kam die Erkenntnis, dass mir Burgenrundfahrten
mehr Spaß machen. Obwohl in wirklich uralten Weinkel-
lern auch der Hauch des Mittelalters weht. Mir geht es
ausschließlich um das Geschichtliche und nicht darum, zu
singen: Heute blau und morgen blau und übermorgen wie-
der. Also werde ich es lassen. Hin und wieder eine Wein-
verkostung reicht völlig aus.

Zum Beispiel jeden Abend an der Bar im Hotel,
kicherte der Schwalbenschwanz und umkreiste als
lebender Heiligenschein Majas Kopf.

Das hat was, mein Lieber, grinste Maja. *Die geistigen*
Getränke, waren früher meist geistliche Getränke. Viele
Klöster haben auch heute noch Brauereien und Weingüter.
In ein paar Tagen ist der Urlaub zu Ende und dann hat
es sich automatisch ausgetestet.

Sie lässt sich heute wirklich nicht aus der Ruhe bringen,
staunte der Distelfalter.

Der Busfahrer nahm es auch gelassen, sich wieder in die Wahnsinnsschlange des Sonntagsver-
kehrs zum Gardasee einzureihen. Halb Deutschland, Österreich und Südtirol schienen, dasselbe
Ziel zu haben. „Ich bin doch schon froh, dass
heute keine LKW fahren", kommentierte er es
lakonisch.

Über den kleinen Passo San Giovanni gelangten
sie schließlich zum nördlichen Ende des Sees, wo
in Riva del Garda ein Boot auf sie wartete. Da

nicht alle den Ausflug auf dem Wasser mitma-
chen wollten, gab der Busfahrer seine Handy-
nummer bekannt, falls irgendwo, irgendjeman-
dem Zeit und Ort des jeweiligen Treffens entfal-
len sollten.

Hier wäre es mir zu hektisch, erklärte Maja beim
Anblick der Hotelburgen und Menschenmassen.
*Das würde ich bestenfalls ertragen, wenn ich per Bus täg-
lich den Abflug machen könnte, und nur zum Schlafen
und Essen her käme. Da lobe ich mir die Ruhe in Villanders – überschaubar und gemütlich.*
Dass es in Riva eine ganze Menge Mittelalterliches zu sehen gab, wusste Maja aus Erfahrung.

Den hellen Torre Apponale mit seinen über 30
Metern konnte man schlecht übersehen, wenn
man wachen Auges durch den Ort schlenderte.
1220 wurde er erstmals erwähnt, mehrmals umgebaut, war mal Wohnturm, mal Wehranlage zum
Schutz des Hafens und hat die Zeiten überdauert.

Beim Torre Apponale wurden die Pechnasen
und Zinnen, die einen Wehrturm ausmachen,
irgendwann durch einen Glockenstuhl überbaut.
L'Anzolim, ein Engel, der Trompete bläst und das
Wahrzeichen der Stadt ist, ziert in unserer Zeit
das Dach.

Am Hang des Monte Rocchetta hinter dem
Turm thront Il Bastione, die Festung aus hell-
grauem Stein, die schon von weit her zu erkennen

ist. Die Feste aus dem 16. Jahrhundert sollte schon allein durch ihren majestätischen Anblick beeindrucken, Macht und Stärke demonstrieren. Der große runde Geschützturm sticht besonders ins Auge und bleibt im Gedächtnis.

Direkt am Hafen liegt die Wasserburg Rocca di Riva, kurz La Rocca genannt, in der jetzt das Museum Alto Garda untergebracht ist. Im 14. Jahrhundert war sie das erste Mal als Castrum novum erwähnt worden. Sie könnte aber schon im 12. Jahrhundert entstanden sein, was heute nicht mehr ganz zweifelsfrei nachgewiesen werden kann, da es zwei Burgen gegeben hatte.

Und auch hier waren es die Scaliger, welche die Anlage entscheidend prägten. Denn sie sollte, wie alle Burgen der Scaliger am See, einen der wichtigsten Häfen kontrollieren.

In unmittelbarer Nähe zur Burg, etwas abseits vom großen Trubel, lag das strahlend weiße Boot im Hafen, das die Gruppe zuerst nach Limone und, nach einem ausgiebigen Aufenthalt, nach Malcesine bringen sollte, wo der Bus die Ausflügler zur Rückreise einsammeln werde.

Das Boot mit einem geschlossenen großen Bereich unter Deck, hatte nur wenige Plätze im Freibereich, von denen Maja einen ergattern wollte, obwohl das aussichtslos zu sein schien, weil sie im hinteren Teil der Schlange stand. Verblüfft stellte sie fest, dass sich die meisten scheuten, die Stufen des engen Niederganges hinaufzusteigen. Ein Platz werde also ganz sicher oben frei sein.

So stieg sie mit einem zufriedenen Lächeln ein und hinauf, wo ihr jemand eine Hand entgegenstreckte, um ihr durch die Luke zu helfen. Maja fasste zu, nahm die letzten beiden Stufen und bekam tellergroße Augen – sie stand, statt auf dem Schiff, in Nicos Wohnwagen.

„Überraschung gelungen, würde ich sagen!", lachte er.

„Das kannst du als Fakt nehmen", murmelte sie völlig perplex. „Ich habe überall mit dir gerechnet, aber keinesfalls hier."

„Dabei falle ich mit meinem Caravan am wenigsten auf, wo Tausende Camper sind." Er blinzelte sie vergnügt an.

Maja streichelte stumm seine Hand. Hatte er überhaupt eine Ahnung, wie sehr er ihr in den letzten Wochen gefehlt hatte?

Vergiss deine Wünsche, flüsterte der Schwalbenschwanz, das Wort *deine* besonders betonend, mit dem ganzen Schwarm der Gedankenfalter zur Tür hinaus huschend.

Maja wusste, dass er recht hatte. Sie war ja schon glücklich, dass sich Nico überhaupt an sie erinnerte.

„Jetzt trinken wir erst einmal ein Glas Sekt auf unser Wiedersehen", hörte sie ihn sagen.

Der gut gekühlte Tropfen war ein Champagner aus Chardonnay-Trauben und passte hervorragend zur Stimmung, die etwas Feierliches hatte. Der zärtliche Begrüßungskuss verursachte nicht nur ein wohliges Kribbeln im ganzen Körper, er rückte die Welt in eine imaginäre Ferne. Maja genoss jeden Atemzug in Nicos Armen. Vergessen, dass er sie so lange hatte warten lassen.

„Komm!", flüsterte er, mit dem Kopf auf das breite Polsterbett deutend.

Zwar trug Maja im Wanderurlaub nicht die feuerroten Dessous, die er so liebte, aber darauf kam es beiden im Augenblick auch gar nicht an. So flog in der Hitze des Gefechtes eben der schwarze Fummel quer durch den Raum.

„Schön langsam!", bremste Nico Majas wilde Lust. „Du weißt doch, ich bin ein Genießer."

Oh ja, das wusste Maja nicht nur, sie schätzte es auch sehr. So schloss sie die Augen, um, gleich einer Mimose, den leisesten Hauch jeder Berührung zu fühlen. Denn Nicos Lippen wanderten tiefer und ließen keinen Quadratzentimeter ihrer Haut aus.

An einigen Stellen wurde das Spiel seiner Zunge fordernder. Maja umfasste seinen Kopf, hielt ihn fest, das sinnliche Spiel forcierend, bis er ihr wieder entglitt, um den nächsten Ort aufzuspüren. Glücksmomente, die sie am liebsten jeden Tag genossen hätte.

„Du bist zu ungeduldig", schmunzelte Nico, worauf Maja ein unschuldiges Grinsen aufsetzte.

Ja, sie war ungeduldig. Sie sehnte sich nach jeder Berührung, jedem geflüsterten Wort und der Wärme seiner Haut. Wieder und wieder, mit jedem Tag ohne ihn mehr und mehr. Auch kleine Gesten zogen Maja immer wieder in Nicos Bann.

„Komm, wir gehen noch ein Stück am See spazieren", schlug er soeben vor, Maja die Hand hinhaltend, um sie aus dem Bett zu ziehen.

„Gute Idee!" Maja griff zu, stand auf und fand sich unversehens auf dem Schiff wieder, wo sie jemand zu einem freien Platz dirigierte.

Bleibt die Frage, war das Zufall oder wollte er mich hinaus expedieren, wandte sie sich an die Gedankenfalter, die genau so verunsichert um sich schauten, wie sie.

Ein C-Falter ließ die Flügel hängen.

Schon gut, die Antwort wäre reine Spekulation. Genießen wir lieber die Seefahrt, die Reise scheint ja gerade erst loszugehen. Maja machte es sich auf ihrem Platz gemütlich, sich vom Fahrtwind das Gesicht kühlen lassend, denn die Sonne zeigte, welche Kraft in ihr steckte. Dass ihre Gedanken immer wieder zu Nico abschweiften, statt sich auf die Küste zu konzentrieren, verstand sich von selbst.

Erst, als Limone in Sicht kam, war Maja wieder ganz Auge. Sie hatte viel über die alten Gewächshäuser für Zitrusfrüchte gehört, die heute zum großen Teil verschwunden waren. Die, welche noch existierten, dienten dazu, den Touristen zu zeigen, was Limone einst ausgezeichnet hatte. Zum Beispiel im Museum Limonaia del Castel.

Dabei stammt der Name des idyllischen Örtchens nicht einmal von den Früchten ab, sondern vom römischen Wort Limes, für Grenze.

Im Museum kann man aber nun die Terrassen bewundern, auf denen Orangen- und Zitronenbäume wachsen, die noch erhaltenen Bewässerungskanäle aus Stein, die mittels Brettchen zum Absperren das Wasser zu den Bäumen leiten und die alten Werkzeuge, die einst Verwendung fanden. Im Winter, wenn der Frost die empfindlichen Gewächse schädigen konnte, wurden die Gewächshäuser durch große Holzfenster abgedeckt.

Du denkst doch schon wieder an Limoncello, Limoncino und Arancello, lachten die Falter.

Schmeckt, gut gekühlt, ja auch fantastisch, erwiderte Maja grinsend.

Maja wanderte ein wenig herum, flanierte an den Schaufenstern der kleinen Läden in den engen steilen Gässchen vorbei und stellte fest, dass der Appetit auf Eis immer größer wurde. So entschied sie sich für ein Café gleich am Hafen, um mit seligem Lächeln einen großen Pistazieneisbecher zu genießen, einen Cappuccino zu trinken und dabei unbemerkt die vielen Touristen zu beobachten. Eine Viertelstunde vor Ankunft des Schiffes begab sie sich zum Kai und studierte die Tierwelt im und am Wasser.

Dabei fielen ihr zwei Enten mit auffallend roten Schnäbeln auf, die sie aber nicht fotografieren konnte, weil sich immer etwas ins Bild schob, das da nicht hinsollte. Vermutlich waren es männliche Kolbenenten, denn andere Rotschnäbel assoziierte Maja nicht mit der Gegend um den Gardasee. Ein paar große Fische durcheilten das trübe Wasser des kleinen Hafens und Maja träumte sich nach Portofino mit dem glasklaren Hafenbecken, wo man bis zum Grund sehen konnte.

Sie träumt wegen Oberto, blinzelte der Schwalbenschwanz, *der Hafen ist völlig unschuldig.*

Was Maja mit einem breiten Grinsen quittierte. Egal, wie er sich in welcher Zeit nannte, der Gedanke an Nicos Zärtlichkeiten ließ Maja bis in Mark wohlig erschauern.

Hast du denn einen wirklichen Beweis für meine Worte gefunden, dass Georg und Nico eine Person sind, fragte der Distelfalter.

Ich glaube, zu wissen, was es mit ihnen auf sich hat, erklärte Maja. *Ritter Georg ist Nico, wie ich ihn mir manchmal erträume. Alle anderen sind Nico, wie er wirklich ist – mal wild, mal sinnlich, immer auf der Jagd nach Liebe und bedingungsloser Hingebung. Und das ist, was mich immer wieder zu ihm hinzieht. Einfach so sein, wie*

171

ich bin. Mich nicht verstellen müssen. Frau sein. Genießen – jede Geste, jedes Wort, jeden Augenblick. Und die verrücktesten Dinge tun, um zur richtigen Zeit, die richtige Tür in irgendein Jahrhundert zu finden, um bei ihm sein zu können.

Du liebst ihn, mehr, als vielleicht gut ist. Der Schwalbenschwanz schaute Maja prüfend an.

Das muss er nicht erfahren. Maja ließ ihren Blick über den sattblauen See schweifen. *Schaut mal, da vorn kommt schon das Schiff!*

Diskussion für heute beendet, vermute ich. Der Distelfalter setzte sich auf Majas Schulter und beobachtete das Anlegemanöver.

Maja schmunzelte, als Dutzende Touristen ihre Fahrkarten zückten und dann mit langen Gesichtern abzogen, weil es ein Charterboot war. So fand sie sich schließlich ziemlich weit vorn in der Warteschlange wieder und enterte erneut das Oberdeck. Was hätte sie nicht alles getan, um noch einmal in Nicos Armen zu landen!

Du bist unersättlich, mahnte der Schwalbenschwanz.

Na und? Das weiß wohl niemand besser als Nico. Und ihm scheint es nicht unangenehm zu sein. Maja kramte seelenruhig den Fotoapparat hervor und begann auf lohnende Objekte zu lauern.

Sie wäre gern noch stundenlang mit dem Kahn auf dem See herumgeschippert, nur passte das nicht in den Tagesplan. In ein paar Minuten war man auf der anderen Seite des Sees, in Malcesine.

Von der Seeseite sah die wundervolle Scaligerburg des Örtchens erheblich spektakulärer aus, als von der Landseite und Maja machte Foto um Foto.

Blühende Agaven, Zypressen und der helle natürliche Felsen, auf die Burg stand, ergaben ein geheimnisvolles Zusammenspiel. Maja nahm sich vor, die kleine malerische Bucht zu besuchen. Im nächsten Augenblick verwarf sie den Plan schon wieder, denn unzählige Jugendliche planschten genau da im Wasser. Von ruhig und malerisch konnte diesmal wahrlich keine Rede sein.

Man kann nicht alles haben, seufzte sie. *Nico treffen und eine leere Bucht haben, das wäre wirklich zu viel verlangt. Ich werde ein bisschen herumstreuseln und mich dann auf eine der Bänke im Park setzen.*

Der Schwalbenschwanz kicherte: *Überanstrengt?*

Oh ja! Maja dehnte die beiden Worte mit funkelnden Augen. Dass sie nicht die normale Tagesgestaltung meinte, war offensichtlich.

Sagt mal, warum verwandelt ihr euch bei so viel Wasser nicht mal wieder in Fische?

Weil wir uns nicht überanstrengen wollen, lachten die Gedankenschmetterlinge. *Oder dachtest du wirklich, dass wir diesem schnellen Kahn hinterher schwimmen?*

Ich denke eher, ihr seid viel zu neugierig darauf, was ich treibe, grinste Maja.

Die Schmetterlinge nickten feixend.

Da erreichte das Schiff auch schon den Steg. Nach kurzem exaktem Anlegemanöver tauchte Maja in die engen schattigen Gassen Malcesines ein.

Kein Eis, fragten die Gedankenfalter.

Maja schüttelte den Kopf. Hatte sie doch erst vor einer Stunde dem Eisschlecken gefrönt. Jetzt stand ihr der Sinn absolut nicht nach Süßem. *Ich habe nicht mal Appetit auf einen Espresso. Vielleicht gibt es ja heute Abend Eis als Nachtisch. Ich würde jetzt lieber mit der Seilbahn auf den Berg fahren und mir den See von ganz weit oben anschauen,* erklärte sie. *Es ist nur nicht zu schaffen, weil die Gondeln im 30-Minuten-Takt fahren und ich ja auf dem Monte Baldo auch was sehen will. 22 Euro, nur um zu sagen, ich war da oben, um mit der nächsten Fuhre gleich wieder abzuhauen, ist mir zu teuer.*

Der Schwalbenschwanz nickte todernst. *Dafür könntest du dir abends eins, zwei, drei …*

…Viertel Wein genehmigen, beendete der Distelfalter den Satz.

Oder zwei große Eisbecher, warf der C-Falter ein.

In Nougatstangen wären das dann … Weiter kam Maja nicht, denn der ganze Schwarm brach in schallendes Gelächter aus.

Sie spähte nach einer freien Bank aus, wurde fündig und ließ sich zufrieden lächelnd im Schatten der hohen Kiefern nieder. Die anderen Besucher des Parks unterhielten sich leise und nichts störte die geradezu himmlische Ruhe, bis es einer einzelnen Zikade einfiel, einen Höllenlärm zu machen.

Könnt ihr euch vorstellen, wie das klingt, wenn Hunderttausende gleichzeitig zirpen? Ein startendes Flugzeug ist dagegen flüsterleise.

Du hast sie in dem kleinen Urwald in Singapur gehört, erinnerte sich der Schwalbenschwanz an Majas Bericht.

Ja. War schön da. Möchte es irgendwann noch einmal erleben.

Plötzlich wurde es ruhig, denn eine Amsel steuerte den Baum direkt an, auf welchem das lautstarke Insekt saß. Maja grinste schadenfroh. Nach einer Weile erfolglosem Suchen machte sich der Vogel wieder von dannen und wenige Augenblicke später krakeelte die Zikade weiter. Wenigstens fielen keine weiteren Tiere in den Gesang ein, denn es war noch sehr zeitig am Nachmittag, also noch gar keine Zikadenzeit.

Um die Rückfahrt bis zum Hotel durchzuhalten, suchte Maja die öffentliche Toilette in der Unterführung für Fußgänger auf und stellte fest, dass sich seit April nichts geändert hatte. Die

Türverriegelung fehlte immer noch, der Spülmechanismus war defekt und von Toilettenpapier fehlte jede Spur.

„Eine feste Größe im Leben", murmelte sie, ziemlich sauer, weil es sich hier ja um ein Stilles Örtchen mit Geldeinwurf handelte.

Wenn sie es recht bedachte, dann hätte sie aus den italienischen Toilettengängen allein dieses einen Jahres, das gerade zur Hälfte herum war, ein ganzes Buch schreiben können.

Der Horror auf der Schüssel / das Grauen lauert im Klo / Toilettenbeckenblues / Kreischalarm im Herzchenhaus, trugen die Gedankenfalter grinsend als mögliche Titel zusammen, worauf sich Majas finstere Miene wieder aufhellte.

Als der Bus kam, war der Frust aus der Fliesenausstellung, wie sie die öffentlichen Toiletteneinrichtungen scherzhaft nannte, schon verraucht. Sie freute sich auf einen ruhigen Abend im Hotel. Die Strecke über den Passo San Giovanni war sie schon unzählige Male gefahren und sie schaute aus dem Fenster, ohne wahrzunehmen, was draußen vorüberflog. Maja träumte von Nico und die Gedankenschmetterlinge wagten es nicht, sie dabei zu stören.

Erst in Klausen wachte Maja aus ihrem Tagtraum auf, um der kleinen Burg Branzoll einen langen liebevollen Blick zu widmen. Das Kloster

Säben lag noch im Sonnenschein und die roten Blüten der Balkonkästen vom Hotel Egger muteten wie kleine Leuchtfeuer an, um den Bus sicher durch das Meer der Spitzkehren zu leiten.

Oha, sie ist lyrisch gestimmt, witzelte der Bläuling.

Solange sie keine Lyra stimmt und uns was vorkrächzt, wie Troubadix, ist alles gut, erwiderte der Schwalbenschwanz.

Maja wollte ihnen gerade in die Parade fahren, als der Krähenschwarm am Kirchturm auftauchte, der die Falter voller Panik in ihrer Tasche verschwinden ließ. Das breite Grinsen von Maja konnten die Schmetterlinge gar nicht übersehen.

Noch eine Spur breiter wurde es, als zum Nachtisch Eisbecher aufgetragen wurden und Maja eine Zusatzration von jemandem abstaubte, der eigentlich gar keinen Nachtisch haben wollte.

Drei, amüsierte sie sich.

Ich fliege schon mal los, ein Stöckchen suchen, lachte der Schwalbenschwanz und huschte mit dem ganzen Schwarm zur Tür hinaus.

In dem Moment, wo Maja die Bar aufsuchte, waren auch die Falter wieder da, um mit ihr über die besonders schönen Augenblicke des Ausflugs zu sprechen, bei denen Nicos Auftauchen das Sahnehäubchen auf einen wundervollen Tag gesetzt hatte.

„Du siehst trotzdem traurig aus", stellten die Schmetterlinge später auf dem Zimmer fest.

„Weil ich morgen schon Koffer packen muss", gähnte Maja, das Licht löschend. Sie wäre gern noch länger geblieben.

Hoch hinaus und tief hinunter

Der letzte Urlaubstag hielt für Maja jene Ziele bereit, auf die sie sich am meisten freute, seit sie wusste, dass sie die Reise noch einmal machen werde. Der Rucksack war mit all den Dingen gefüllt, die nützlich waren, um auf 3000 Metern Höhe nicht zu frieren, sollte das Wetter plötzlich umschlagen. Neben zusätzlichen Socken, steckten auch noch ein Seidenschal, eine Microfaservelours- und eine Regenjacke in ihm. Zudem trug Maja ihre wasser- und rutschfesten Trekkingschuhe, mit denen sie auch mühelos Eis- und Schneefelder passieren konnte.

Nachdem der einheimische Reiseleiter zugestiegen war, fuhr man Richtung Süden, um ins Eggental zu kommen. Hier, zwischen Latemar und Rosengarten ist es wild-romantisch und man erspäht auf jedem Kilometer Dinge, die man beim letzten Besuch glatt übersehen hat, weil gar so viele Eindrücke gleichzeitig auf den Betrachter einstürzen.

Vorbei an Deutschnofen und Welschnofen kletterte der Bus den Berg hinauf. Natürlich erzählte der Reiseleiter, wie es zu den beiden Ortsnamen gekommen war und mit welchen Widrigkeiten deren Bewohner früher zu kämpfen hatten, weil man die Sprachbarriere am liebsten als Status Quo gesehen hätte.

In den herrlichen Wäldern dieses Gebietes, so wusste Maja von früheren Besuchen, wuchsen auch die begehrten Haselfichten, die bei Instrumentenbauern besonders hoch im Kurs standen. Schon zu Zeiten von Stradivari bezog man von hier die Wunderhölzer, die den Instrumenten einen ganz besonderen Klang geben.

Am Karersee war, wie immer, viel los. Kein Wunder bei dem herrlichen Wetter, welches geradezu dazu drängte, den blau-türkisen herrlichen Spiegel von Rosengarten und Latemar zu fotografieren. Diesmal entdeckte Maja sogar einige große Fische.

Natürlich gab es wieder schlecht erzogene Kinder, die unbedingt Steine nach den Tieren werfen mussten und durch die Wellenkreise für mehrere Minuten das Fotografieren sinnlos machten.

Der Admiral-Falter schnaufte verächtlich: *Man sollte sie in den See tunken! Und die Eltern gleich mit!*

Oder auch mit kleinen Steinen nach ihnen werfen, rief der Distelfalter aufgebracht.

Banausen! Darin war sich der ganze Schwarm einig.

Maja konnte ihnen recht gut nachfühlen. Sie hatte ihre Bilder glücklicherweise schon alle im Kasten. Andere standen nun mit traurigem Blick und hofften, dass der See schnell wieder seine weltberühmte perfekt glatte Oberfläche zeigte.

Ich liebe diesen See, schwärmte Maja.

Ja, sie liebte ihn wirklich. Sie hatte ihn sogar mit perfekter Spiegelung von Felsen und Wald als Hintergrundbild auf ihrem Laptop, um sich täglich an seinem geheimnisvollen Anblick zu erfreuen.

Dann solltest du bald wieder märchenhafte Kurzgeschichten schreiben, riet der Trauerfalter und bekam diesmal von allen Beifall.

Als sie den See wieder verließen, fiel Maja beim Anblick der Wälder ein, dass sie erst kürzlich gelesen hatte, dass ein Bär nach Südtirol eingewandert sei. Er trug den Codenamen M13 und schien nach Tirol zu ziehen, das er wohl über irgendeinen Pass erreichen werde. Niemand wusste genau, wo er gerade steckte, denn er hatte seinen Peilsender schon lange verloren. Aber es hieß, er habe kaum Scheu vor den Menschen.

Die hat er wohl nur noch nicht richtig kennengelernt, schnaufte der Bläuling.

Maja nickte. Hoffentlich packte es der pelzige Wanderer, auch weiter von ihnen unbehelligt zu bleiben. Was konnte er dafür, dass die ganze Natur mit Beton und Asphalt zugepflastert war und leckere Weidetiere in Umzäunungen standen, die sie nicht verlassen konnten.

Wenigstens galt er noch nicht als *Problembär,* wie Bruno, der bei Trient geboren war und 2006 in Bayern sein Leben lassen musste. Er war seit über 170 Jahren der erste Bär in Deutschland gewesen und hatte die Nummer JJ1 getragen. Man kann seinen ausgestopften Pelz nun im Münchner Museum *Mensch und Natur* betrachten.

Maja seufzte. Sie konnte einfach nicht nur durch die rosarote Brille schauen. Wo Licht war, gab es auch Schatten. Große Fleischfresser hatten es überall in Mitteleuropa schwer, sich von den Menschen fernzuhalten. Deren Nutztiere mussten ja wie eine Einladung wirken.

M13 hatte nicht mal Winterschlaf gehalten und war durchgewandert. Sein Glück, sonst hätte man ihn vielleicht schon wieder eingefangen, um ihm erneut einen Sender umzulegen. Anhand seiner gelben Ohrmarke war er auf alle Fälle bei Sichtungen zweifelsfrei zu identifizieren.

Aus nächster Nähe hätte sie ihm auch nicht plötzlich gegenüber stehen wollen. Das war aber noch lange kein Grund, ihm lebenslange Gefangenschaft oder gar den Tod zu wünschen.

Pass auf dich auf, junger Bär! Maja widmete sich wieder dem, was vor dem Fenster geschah. Sie hatten bereits den *Passo di Costalunga*, den Karerpass, hinter sich gelassen und das Fassatal, ladinisch *Val de Fascia*, erreicht, wo auch die ladinische Sprache vorherrscht.

Um dieses Tal ranken sich viele Sagen, die gar nicht so unglaublich klingen, wenn man die geografischen Gegebenheiten betrachtet und weiß, dass es nicht erst im Mittelalter räuberische Überfälle gab. Da sich hier sogar die als Räuber entpuppten, die eigentlich die Kreidfeuer bewachen sollten, wundert es sicher nicht, dass man sich irgendwann der letzten Räuber, der *Latrones,* entledigte. Seit jener Zeit soll allerdings immer wieder das *lum de morc,* das Todeslicht auf den Gipfeln zu sehen sein.

Wie gruselig, stöhnte der Schwalbenschwanz.

Maja lächelte. *Irrlichter im Sumpf, Elmsfeuer … die Liste solcher Phänomene ist lang. Auch, wenn ich wüsste, woher sie kommen, würde mir ein gelinder Schauer über den Rücken huschen, wenn ich sie sehen würde,* gab sie zu. *Man hat ja doch als Erstes immer die spukigen Sagen im Kopf und da wollen die auch nicht so schnell wieder raus.*

Und schon ging es die gewundenen Straßen zum nächsten Pass hinauf, um den Sass Pordoi im Sellastock zu erreichen. Überall blühten Alpenastern, Feuer- und Türkenbundlilien, Knabenkraut und tausend andere Gewächse, welche die Straßenränder und Bergwiesen am Pordoi Joch zu wahren Blütenparadiesen machten.

Klasse, das Wetter hält aus, jubelten die Gedankenfalter, die gern einen Blick auf das wundervolle Plateau erhaschen wollten, ohne fortgeweht zu werden.

Aber denkt daran, dort oben werden höchsten acht Grad Celsius sein, auch wenn es hier unten rund 19 Grad sind, mahnte Maja.

Das schienen einige aus der Reisegruppe auch nicht begriffen zu haben, die machten sich allen Ernstes mit nackten Füßen in Riemchensandalen und Spaghettiträgerhemdchen auf den Weg zur Seilbahngondel.

Maja vollführte innerlich die altbekannte Scheibenwischerbewegung und kontrollierte noch einmal, ob alles Nötige im Rucksack steckte. Noch vor dem Einsteigen streifte sie die Veloursjacke über das kurzärmelige Nicky und zog die wetterfeste Funktionsjacke darüber. Extrasocken waren bei acht Grad nicht nötig. Sie wollte sowieso da oben auf den Geröllfeldern herumwandern, was von ganz allein für warme Füße sorgen werde.

Es war wieder ein grandioses Gefühl, in wenigen Augenblicken auf 2950 Meter hinauf zu schweben und die Welt aus der Sicht eines Adlers betrachten zu können. Die Seilbahn braucht für die 700 Meter Höhenunterschied nämlich nur vier Minuten.

Maja war wie ein Wiesel aus der Gondel, um jede Sekunde auf dem Plateau zu genießen. Sie stieg auch sofort zu den verharschten Schneefeldern ab, als würden die in den nächsten Minuten verschwinden. Weil es fast windstill war, trauten sich auch die Falter aus dem Rucksack, um die in der Sonne hell leuchtenden Felsen zu bestaunen.

Da hinten, im Westen, sind die Seiser Alm und der Rosengarten, erklärte Maja den Schmetterlingen. *Der Langkofel ist im Nordwesten und bei solch klarem Wetter kann man sogar da drüben die Gipfel erkennen, die Österreich von Italien trennen. Und zwar von den Ötztaler und den Zillertaler Alpen. Im Süden ist die Marmolada,* erzählte sie weiter. *Der Sellastock, zu dem dieses Plateau hier gehört, erstreckt sich im Norden und Osten.*

Sieht es da überall so aus, wie hier? Die Falter zeigten auf die Geröllbrocken.

Maja lachte. *Wenn ich dem Rundumblick Glauben schenken darf, ist es überall steinig und unbewachsen. Zumindest ganz oben, wo auch im Sommer noch viel mehr Schnee liegt, als auf unserem Berg hier. Wir können nur nicht alles von hier aus sehen, weil uns der Piz Boè die Sicht versperrt. Er ist nämlich stolze 3152 Meter hoch.*

Die Falter staunten. *Und wie heißen die Berge im Osten?*

Mal sehen, dass ich keinen vergesse: Le Tofane, Monte Pelmo, Sorapiss, Monte Cristallo, und Civetta, zählte Maja auf.

Die Namen gehen runter wie Öl, schmunzelte der Schwalbenschwanz. *Monte Cristallo!* Er rollte genüsslich das R.

Maja trat nah an den Abgrund. *Und hier geht es ganz schnell runter, wie auf Öl, wenn man nicht schwindelfrei oder zu wagemutig ist.*

Komm weg da, baten die Falter im Chor und Maja erfüllte den Wunsch.

Hier oben beginnen etliche Wander- und Kletterwege, erklärte sie ihnen. *Ich würde gern mal zu der Hütte da drüben laufen. Nur ist die weiter weg, als es auf den ersten Blick aussieht. Wir müssen auch schon wieder umkehren.*

Schade, riefen die Gedankenschmetterlinge. *Hier oben vergeht die Zeit viel zu schnell.*

Ganz mein Reden! Maja filmte noch eine 360-Grad-Schau, dann stapfte sie bergan, um zur Seilbahn zu gelangen.

Das ist offensichtlich auch anstrengender, als es aussieht, stellten die Falter fest, denn Maja war auf halber Strecke schon völlig außer Puste.

Oh ja, schon, weil hier oben die Luft dünner ist und ich nicht wirklich in Übung bin auf solchen Höhen. Noch dazu bin ich viel zu schnell gegangen, obwohl ich um die Besonderheiten im Hochgebirge weiß. Eine Seilbahn später hätte das Kraut auch nicht fett gemacht. Ich liege nämlich sehr gut in der Zeit.

Sie beschloss, unten auf die Toilette zu gehen, ehe sie in den Bus stieg. Dass das ein Fehler war, merkte sie rasch, denn es stand nicht nur eine riesige Schlange Wartender vor der Tür, sie erwischte auch wieder eine Zelle, die glatt in ein Horrorbuch gepasst hätte.

Vor dem Zylinder stand eine Urinpfütze, als habe jemand komplett falsch gezielt, weil er sich nicht setzen wollte. Keine Stelle, um den Rucksack abzusetzen oder hinzuhängen, die Hose fest im Griff, damit sie sich nicht selbstständig machte und in der fremden Lache landete, balancierte Maja auf Zehenspitzen um die Toilette.

Es war wieder ein Erlebnis der Extraklasse, stöhnte sie, als sie es irgendwie geschafft hatte, mit der vertrackten Situation klarzukommen, der sich auch die Nächsten in der Reihe stellen mussten. *Wenn es so weitergeht, schreibe ich doch noch Klogeschichten. Ich habe nämlich noch viel mehr erlebt, als ich …*

Aus! Aus! Aus! Die Falter stoben entsetzt davon.

Maja tigerte zum Parkplatz, um noch ein wenig neben dem Bus in der Sonne zu dösen.

Wie sind die Berge entstanden, hörte sie den Schwalbenschwanz auf ihrer Schulter wispern.

Aus Meeresablagerungen und vulkanischen Kräften, flüsterte Maja zurück. *Diese Mischung gibt dem Gebiet seinen besonderen Reiz. An manchen Orten und Felsen kann man sogar ganz deutlich die einzelnen Schichten der Sedimente sehen. Und dann gibt es plötzlich Brüche, als habe ein Riese mit der Faust das Gebirge gespalten. In der Erde rumoren gigantische Energien. Nicht nur vor Millionen Jahren, auch heute noch.*

Erinnert ihr euch an das Buch, das ich mir aus Cortina d'Ampezzo mitgenommen habe? Darin geht es auch um Rettungsaktionen, wenn die Erde plötzlich ihre Kräfte in Erdbeben entfesselt und Höllenschlünde Lava ausstoßen.

Freunde, das, worauf wir gerade stehen und oben auf dem Plateau gestanden haben, war mal Meeresboden! Den drückt man nicht mit dem kleinen Finger so weit nach oben!

Wow! Das war alles, was die Falter voller Ehrfurcht vor der Natur hervorbrachten.

Ab geht es, zum nächsten Pass, blinzelte Maja vergnügt.

Über Arabba im Buchensteintal, das bis 1918 zu Tirol gehört hatte, ging es schließlich hinauf zum Campolongopass. Unterwegs fotografierte Maja Felsformationen, lauschte den Berichten des Reiseleiters und freute sich über den Sonnenschein, der diese wundervolle Bergwelt hell erstrahlen ließ.

Über St. Kassian und Corvara gelangten sie zum Grödner Joch, wo man wieder eine Pause machte. Während die einen die Souvenirläden stürmten, fotografierten die anderen, bestaunten die Berge oder suchten noch einmal die Toilette in einem der Restaurants auf. Nach all dem Stress an der Bergbahn wählte Maja den letzten Punkt, wobei sie die anderen nicht völlig ausschloss.

Endlich eine saubere, angenehme Toilette, für die sie gern den einen Euro bezahlte, weil sie hier nichts im Restaurant verzehrt hatte. Sie entdeckte sogar einen Automaten für Erinnerungsmünzen und konnte natürlich nicht vorbeigehen, ohne ihre Sammlung zu vergrößern. Auf dem Weg zum Bus lichtete sie Alpenastern und andere Hochgebirgsblumen aus der Nähe ab, beobachtete die vielen Wanderer am Hang des Berges, um dann rundum zufrieden mit diesem Tag in das Fahrzeug einzusteigen.

Durch das Grödnertal kamen sie, an St. Ullrich vorbei, schließlich wieder nach Klausen, wo der einheimische Reiseleiter herzlich verabschiedet wurde und als Dankeschön den Betrag einer schnellen Geldsammlung bekam.

Eine halbe Stunde später begann Maja schon, ihren Koffer zu packen, um nach dem Abendbrot die letzten Stunden richtig genießen zu können.

Du willst wieder her, stellten die Gedankenfalter wenig überrascht fest.

Richtig. Maja nippte versonnen am Rotwein. *Ich würde sogar zum dritten Mal beim gleichen Veranstalter die gleiche Tour buchen. Sogar mit den gleichen Ausflügen. Ich habe wieder tausend neue Fragen, auf die man einfach nur vor Ort Antworten finden kann. Tante Google ist nicht allwissend. Und die Leute, die was zum Thema zu sagen haben, kennen die Tante oft bestenfalls vom Namen her. Das uralte Wissen haben nun mal die uralten Einheimischen. Und nicht selten habe ich Nachfahren gefunden, die das aufgeschrieben haben, ehe es in Vergessenheit gerät. Die tratschen es nicht im Internet breit, geben aber gern Auskunft, wenn man gezielt danach fragt.*

Der Distelfalter bewegte langsam die Flügel. *Und selber mit dem Auto herfahren willst du wohl nicht.*

Nein, dann ist es keine Erholung mehr. Ich glotze dann nur auf das graue Asphaltband vor mir, hoffe, dass niemand einen gravierenden Fehler macht, und sehe von der Landschaft buchstäblich nichts. Dann muss ich mich auf alles konzentrieren, nur nicht auf meine Gedanken um das Schöne in den Bergen. Nicht zuletzt wäre der Urlaub um ein Vielfaches teurer, wenn ich Benzin, Mautgebühren, Eintrittsgelder und Übernachtungskosten zusammenrechne. Das sprengt ganz einfach mein Budget für Recherchen.

Das sind in der Tat stichhaltige Argumente, seufzten die Falter.

An welchen Schätzen der Baukunst man gerade vorbeikommt, kann einem auch nur ein einheimischer Führer oder ein Reiseleiter erklären. Ich denke da nur an meinen Spaß mit dem Castel Beseno. Bin zig Mal daran vorbei gefahren und habe dann auf Facebook um Hilfe gewinselt, weil ich nicht durch Denken mit eigenem Kopf herausbekommen habe, was das für eine Burg ist. Dass es die größte Wehranlage in der Gegend war, wusste ich. Nutzte aber nichts, weil die Gegend nun mal völlig falsch zugeordnet habe. Da kann ich lange im Internet nach Burgen in Südtirol suchen, wenn es gar nicht mehr Südtirol ist. Maja grinste amüsiert.

Auf Wiedersehen, Berge!

Als Maja am zeitigen Morgen mit ihrem Koffer zum Bus trabte, war der Himmel gleichmäßig wolkenverhangen, als wolle er ihr den Abschied erleichtern.

Zu Hause, so heißt es, soll es kalt sein und regnen, schoss es ihr durch den Kopf.

Dann wirst du dich umso lieber an die Tage hier erinnern, versuchte der Schwalbenschwanz, sie zu trösten.

So wird es wohl kommen. Sie ließ noch einmal den Blick ins Tal gleiten, um schließlich mit einem tiefen Seufzer einzusteigen. Da öffneten sich plötzlich zwei Lücken im Blaugrau, durch die, wie ein zarter Vorhang, silbernes Licht fiel. Zutiefst berührt nahm sie ihr Smartphone zur Hand, um die eigenartige, bittersüße Abschiedsstimmung einzufangen.

Wenn mich einer fragt, ob ich irgendwelche Wünsche habe – ja habe ich, ich will die Berge mitnehmen.

Oh je, das sagt sie immer, wenn sie das Hochgebirge verlassen muss, stöhnte der Admiral.

Ich kann sie verstehen, murmelte der Schwalbenschwanz. *Mir ist doch auch zumute, als bliebe ein Stück meines Herzens hier.*

Ich vermisse die Berge ebenfalls sehr, wenn ich sie lange nicht gesehen habe, denn sie waren einmal meine Heimat, ließ sich der Distelfalter vernehmen, der ihnen einst von Sigmund gefolgt war.

Willst du zu ihm zurück? Maja und der Schwarm hatten die Frage, ohne den Namen des Erzherzogs auszusprechen, völlig synchron gestellt.

Nein. Ich möchte bei euch bleiben, erklärte der Schmetterling mit fester Stimme.

Er ließ sich auf Majas Schulter nieder, um mit allen gemeinsam das silberne Licht bestaunen zu können, während sich der Bus langsam in Bewegung setzte, das letzte Mal die zehn Spitzkehren nach Klausen durchfahrend.

Apropos Erinnerungen, schmunzelte Maja, *mir ist soeben eingefallen, was uns der Reiseleiter über Heinrich Heines Gedanken zu den Tirolern erzählt hat. Ich habe Heine nie sonderlich gemocht, aber damit ist er noch ein paar Prozentpunkte in meiner Gunst gefallen.*

Du meinst seine Reisebilder, den dritten Teil: Die Reise von München nach Genua von 1828, warf der Schwalbenschwanz ein.

Richtig. Ich habe lieber Goethes „Italienische Reise" gelesen, verriet Maja. *Seine Zeichnungen sprechen mich sehr an. Hätte er einen Fotoapparat gehabt, hätte er wohl, wie ich, hunderte von Fotos in wenigen Tagen geschossen. Und auch Albrecht Dürer hat mich mehr inspiriert. Klausen nennt man nicht umsonst die Albrecht-Dürer-Stadt. Schade, dass nicht alle Werke erhalten geblieben, die hier entstanden sind.*

Der Admiral kicherte: *Womit wir dann ja auch wieder bei Pirckheimer sind, der ihm das Geld für die Reise gegeben hat.*

Was beweist, dass die Welt ein Dorf ist und irgendwie jeder jeden kennt. Von der Wartburg nach Branzoll ist also nur ein ganz kleiner Schritt, witzelte Maja.

Zumindest gedanklich, bestätigte der Schwalbenschwanz. Er war froh, dass Maja verrückte Überlegungen dem Trübsalblasen wegen des Abschieds vorzog.

Das ist hier aber auch ein wundervoller Flecken Erde, schwärmte sie. *Einer, der kunstsinnige Menschen ganz einfach magisch anzieht und inspiriert. Ich wünschte, ich wäre ein Maler …*

Du wiederholst dich schon wieder, meine Liebe, erklärte der Schwalbenschwanz. *Dir dürfte bekannt sein, dass selbst der große Goethe sein Zeichentalent als wenig ausgeprägt einschätzte, und er sich ausschließlich dazu berufen fühlte, mit Worten zu malen. Ich wette, ihr beide wärt Seelenverwandte gewesen! Du stellst dein malerisches Licht ja auch ständig unter den Scheffel. Es muss doch nicht jeder, fotorealistische Werke schaffen.*

Der Distelfalter trippelte aufgeregt auf Majas Hand. *Was hast du als nächstes Ziel ins Auge gefasst?*

Puh! Eiskalt erwischt! Maja schaute den kleinen Schmetterling nachdenklich an. *Meist kurze Touren, so viel steht fest. Děčín und die Festung Königstein stehen noch mal ganz fest auf dem Plan. Dann möchte ich zur*

Burg Kniphausen. Sie wurde 1438 gebaut. Es soll da heute noch den Marstall, einen Treppenturm und einen Ahnensaal geben.

Aber das ist doch keine kurze Strecke, riefen die Gedankenfalter durcheinander.

Ich meine kurz von der zeitlichen Spanne her. Maja wandte sich wieder der Welt zu beiden Seiten der Autobahn zu. Sie kamen recht gut voran und schon bald näherte man sich dem Brennerpass. Am Tunnel, wo Nico beim letzten Mal mit seinem Wohnwagen auf sie gewartet hatte, hielt Maja unbewusst die Luft an, weil eine Krähe sehr genau den Bus beobachtete. Doch nichts geschah.

Schade, murmelte sie traurig.

Der Schwalbenschwanz grinste. *Weißt du eigentlich, dass du unersättlich bist?*

Du klingst wie Nico, schmunzelte Maja. *Der hätte mit Sicherheit genau den gleichen Satz gesagt.*

Der Trauerfalter merkte an: *Ist dir denn noch gar nicht aufgefallen, dass er immer dann auftaucht, wenn du gar nicht an ihn denkst?*

Maja stutzte. *Das würde erklären, warum ich ihn nur so selten treffen kann. Ich denke ja ständig an ihn. Egal, was ich mache, es gibt immer ein Detail, das mich sofort an ihn erinnert. Am Tag träume ich mit offenen Augen von ihm und nachts im Schlaf auch.*

Ach was! So darfst du nicht mal ansatzweise denken! Der Schwalbenschwanz bewegte zornig die Fühler. *Zwar hat der Trauerfalter recht, was das Auftauchen betrifft, aber es ist sicher besonders förderlich, wenn Nico in all deinen Gedanken ist. Dann weiß er, dass er dir fehlt und alles daran setzen muss, dich wiederzusehen. Welcher Mann freut sich nicht, wenn er so innig geliebt wird? Schau mal da drüben, da ist schon die Nordkette,* versuchte er, Maja auf ein anderes Thema zu bringen.

Und der Alpenzoo, wo Paul lebt. Ihn möchte ich auch gern noch einmal besuchen. Maja blickte hinauf zur *Seegrube,* die intensiv im Sonnenlicht hervorstach. *Nur an Zirl werden wir nicht vorbeikommen, das liegt nämlich nicht in unserer Richtung.*

Nichts zu machen, schmunzelte der Bläuling, weil Maja im Augenblick wirklich nur an Nico dachte.

Erst, als sie auch Österreich hinter sich gelassen hatten, steuerte der Busfahrer eine kleinere Raststätte, etwas abseits der Autobahn an, wo er zu etwas gemäßigterem Preis volltanken konnte. Die Passagiere nutzten die Gelegenheit zur Toilettenpause, und um sich ein bisschen die Beine zu vertreten.

Wisst ihr, wo ich auch gerne nochmal hin möchte? Nach Świeradów-Zdrój im Isergebirge, platzte Maja heraus, als das Thema neue Reisen schon fast vergessen war.

Der höchste Gipfel ist zwar nur 1126 Meter hoch aber das heißt ja nicht, dass es deswegen dort nicht schön ist. Es gibt unglaublich viele Sagen über den Rübezahl, den Berggeist, der der da leben soll. Er bewacht auch die Edelsteine – die Saphire, Rubine, Zirkone, Topase und die herrlichen Smaragde.

Der Schwalbenschwanz stieß den Distelfalter an, der sofort verstand, dass das die ultimative Gelegenheit war, Maja auf komplett andere Gedanken für die letzten Stunden der Heimreise zu bringen. Also bat er: *Erzählst du uns von deiner Tour ins Isergebirge?*

Warum nicht? Ich hab ja eh nichts anderes vor. Draußen zieht ja fast nur noch flaches Land vorbei. Maja machte es sich wieder auf ihrem Sitz bequem und begann, zu berichten:

Es war an einem Samstag im Mai 2017, als ich mit einem Schriftstellerkollegen per Auto nach Świeradów-Zdrój in Polen aufbrach. Die Sonne strahlte von einem fast kitschig wirkenden, völlig wolkenlosen blauen Himmel. Wir waren, entgegen aller Stauprognosen, zügig durch sämtliche Baustellen gekommen und weil wir vor Görlitz supergut im Rennen lagen, genehmigten wir uns eine Toilettenpause und ein Häppchen Wegzehrung am letzten Rastplatz vor der Grenze.

Um keine unliebsamen Überraschungen zu erleben, hatte ich mir beim ADAC eine Kurzvignette für Tschechien besorgt, denn ich hatte, meinem Navi vertrauend, einfach die schnellste Route eingegeben und die führte uns buchstäblich geradenwegs durch Polen – Tschechien – Polen und noch einmal durch Tschechien nach Polen, was wir eigentlich nur an den unterschiedlichen Ortsein- und Ausgangsschildern, oder den Preisen an den Tankstellen bemerkten. Bei dem fantastischen Wetter nahmen wir die gemütliche Fahrt durch die wundervolle, sonnenüberflutete Landschaft dankbar an. Irgendwann haben wir allerdings aufgehört, Fußgängerschutzwege oder Eisenbahnübergänge zu zählen, denn die gab es überreichlich.

Dann zeigte das Navi die letzten zehn Kilometer an und die Spannung stieg …

Ich war mir relativ sicher, das richtige Buczyński Hotel herausgesucht zu haben. Ich wusste ja von der Website, dass es zwei Hotels gab, und hatte auf unserer Vereins-Seite noch mal die Bilder gecheckt, um das richtige Haus zu finden. Zudem steckte der Ausdruck mit der Adresse in meiner Autoablage, sodass diesbezüglich eigentlich nichts schief gehen konnte. Den Anweisungen des Navis durch die schmalen, steilen Straßen und Gassen folgend, fanden wir auch sofort den richtigen Ort, wo ich trotzdem noch einmal ganz vorsichtig fragte, ob ich mich nicht doch geirrt habe.

Alles perfekt! Wir bekamen unsere Zimmerschlüssel, wurden zum bewachten Parkplatz begleitet und machten sofort einen Ultrakurzausflug zum Rand des Kurparks, denn zwei andere aus unserem Verein trafen kurz nach uns aus Leipzig ein.

Unsere Gastgeberin war noch geschäftlich verhindert, die Lesung erst abends und so streuselten wir vier durch die Gegend, die uns die beiden Leipziger, die schon einmal hier gewesen waren, super erklären konnten.

Nach einem leckeren Mittagessen flanierten wir die Hauptstraße entlang, streichelten die vier Bronzefrösche am nächsten großen Brunnen, denn das sollte, je nachdem, wofür der jeweilige Frosch zuständig war, Gesundheit, Glück, Liebe und Erfolg bringen.

Schon vor der großen hölzernen Trinkhalle für Heilwässer blieb uns fast die Luft weg, denn der ganze Weg wurde von riesigen, eigentlich schon fast gigantischen Agaven eingesäumt, die in gewaltigen Kübeln standen. Der Zustand der Starre vor Staunen wurde durch das Innere der Trinkhalle noch getoppt. Die Architektur des Bauwerks an sich, gepaart mit wundervoller Bemalung, ist mehr als nur einen oder zwei Blicke wert.

Nachdem wir auch noch alle möglichen kleinen Läden heimgesucht hatten, ruhten wir einen Moment an einem der Brunnen vor der Halle aus, ehe wir uns zwei Stunden lang den ernsten Dingen des Vereinslebens widmeten. Das allerdings auch als Freiluftveranstaltung unter einem Sonnenschirm vorm Hotel. Finanzen, Homepage, Planung und zig kleine Dinge, die wir uns zur Erledigung notierten.

Beim Abendbrot hatten wir gleich wieder viel zu lachen, denn nicht überall waren die Speisen auf Deutsch bezeichnet und wir testeten uns langsam durch, weil wir echt kei-

nen Schimmer hatten, was da zum Teil vor uns lag oder stand.

Schmeckt interessant, stellte eine unserer Damen immer wieder fest. Aber ist es nun dies, oder doch eher das? Ist nun Rum drin, oder nur Aroma?

Nun hatten wir ja aber auch noch die Lesung auf dem Plan ...

Vorsichtshalber haben wir es dann mit dem Probieren doch nicht übertrieben, um nicht plötzlich vor dem Publikum aufspringen zu müssen, weil sich eventuell etwas im Magen nicht mehr vertragen wollte.

Dann rasch Umziehen, Vorbereitung von Büchertisch und Lesung. Zwischendurch, das heißt, auf jedem Gang durch das erstklassige Hotel, bewunderten wir erneut die unzähligen Zeichnungen, Aquarelle, und Bilder in allen erdenklichen Techniken, die den ganzen Gebäudekomplex zu einer unglaublich reizvollen Galerie machen.

Als alles fertig war, trafen die Gäste und auch die Initiatorin der Veranstaltung ein, die den Abend und den Lesereigen mit polnischen Gedichten eröffnete, die von einer Dolmetscherin auch auf Deutsch vorgetragen wurden.

Im Laufe der Gespräche nach der Lesung stiegen wir auch irgendwann dahinter, warum fast nur Frauen im Publikum gesessen und einige vorfristig die Veranstaltung verlassen hatten. Es lag jedenfalls nicht an uns – es war gleichzeitig irgendein Endspiel von irgendwas im Fernsehen übertragen worden.

Wir bekamen wundervolle Rosensträuße als Danke-schön, mit denen wir rechtschaffen müde den Zimmern zustrebten, um in die Betten zu fallen.

Dass es in der Nacht geregnet hatte, war wohl wieder nur mir extremer Frühaufsteherin aufgefallen, denn gegen sieben Uhr hatte die Morgensonne schon alle Feuchtigkeit wieder aufgeleckt. Nur der auffrischende Wind war geblieben.

Nach dem Frühstück und Auschecken aus dem Hotel, ging ich mit meinem Kollegen noch einmal auf Souvenir- und Postkartenjagd auf der Hauptstraße, ehe wir uns endgültig von Świeradów-Zdrój verabschiedeten, von dessen herrlichen Häusern und dem Park, von denen wir unzählige Fotos mit nach Hause nahmen.

Bis zur deutschen Grenze wieder das ständige Bäumchen-wechsel-dich der Ländergrenzen, ehe wir auf die A4 auffuhren, die diesmal völlig verstopft war. Vom ewigen Stop and go und der Ankündigung einer 60-minütigen Verzögerung genervt, fuhren wir in Dresden ab und besuchten auf ein halbes Stündchen meine Eltern, die fast aus allen Wolken fielen, weil sie damit nun gar nicht gerechnet hatten.

Dann führte uns das Navi weiträumig an jeglichem Autobahnstau auf den Landstraßen vorbei. Allerdings waren die letzten 30 Kilometer auf der Autobahn dann auch kein Vergnügen, denn wir zuckelten mit 70 bis 110 km/h dahin und fuhren schon eher von der Autobahn ab, wo es dann wieder ganz leidlich voranging. Gegen 15:30

Uhr stellte ich dann endlich das Auto auf dem heimischen Parkplatz ab.

Meine Rosen sahen natürlich auch aus, wie fünf Stunden Kofferraum bei brütender Hitze. Ich habe sie geköpft und die Blüten in einer flachen Glasschale arrangiert und siehe da … sie lebten auf und sahen wunderschön aus.

Maja lächelte bei diesen Erinnerungen sanft.

Ach, es gab so viel zu sehen, in diesen paar Stunden! Ich schau mir hin und wieder die Bilder an. An allen erdenklichen Ecken in dem kleinen Ort findet man das Konterfei des Rübezahls, in Stein gehauen, geschnitzt oder gemalt. Das ist der gleiche Kult, wie in der Brockenregion mit der Hexe. Einfach herrlich. Es lohnt sich wirklich, hinzufahren.

Maja schaute aus dem Fenster. *Wo sind wir jetzt eigentlich?*

Wir haben gerade die Sächsische Landesgrenze passiert, erklärte der Admiral.

Zählst du heute gar nicht die Rehe, staunten die Falter, weil Maja ihren Rätselblock zückte.

Keine Lust. Ich will auch nicht an Nico denken, aus lauter Angst, ihn vielleicht dann wieder ewig nicht zu sehen.

Schon zu spät, grinste der Schwalbenschwanz, worauf Maja theatralisch seufzte.

Als sie Stunden später aus dem Bus stieg, ihren Koffer entgegennahm und zum vorbestellten Taxi lief, stolzierten zwei Elstern auf dem Grünstreifen neben dem Parkplatz herum, jeden ihrer Schritte genau beobachtend.

Nico wird in wenigen Augenblicken erfahren, dass du gut nach Hause gekommen bist, klang es dumpf aus dem sicheren Rucksack hervor.

Zu Hause packte Maja sofort den Koffer aus, sicherte ihre vielen Fotos, duschte und schlüpfte ins Bett.

„Ich will deinen Rat beherzigen, mein lieber Schwalbenschwanz", gähnte sie. „Ich werde heute Nacht wieder ganz wundervoll von Nico träumen. Es heißt ja immer, Träume fliegen weit. Vielleicht ja auch bis zu ihm. Mal sehen, wann und wo er mich das nächste Mal in seine Welt entführt. Möglich, dass ich dann auch wieder Berge sehen kann. Die fehlen mir schon jetzt. Gute Nacht allerseits, träumt was Schönes!"

„Es wird also auch in Zukunft hektisch bleiben", grinste der Schwalbenschwanz, sich mit den anderen Faltern ebenfalls einen gemütlichen Schlafplatz suchend.

wird fortgesetzt

Alle weiteren Bücher aus dieser Reiseserie:

Band 1:

Band 2:

Band 3:

Band 5:

Noch mehr spannende Serien finden Sie auf:
www.reni-dammrich-geschichtenzauber.de
und im gut sortierten Handel.